俺と君達のダンジョン戦争

ORE TO KIMITACHI NO DUNGEON WARS

トマルン
[イラスト] ゆーにっと

JN070105

TOブックス

CONTENTS

第一章

イラスト：ゆーにっと
デザイン：倉科駿作（Beeworks）

第一章

プロローグ

白、白、白、知覚できる全てが白で覆い尽くされ、意識は靄《もや》がかかったようにぼんやりとする。

ここはどこだ、といった疑問すら浮かぶことは無い。

限りなく希薄な理性。

ただ、当たり前のようにそこにいる。

まともに思考できているのかすらあやふやだ。

まるで夢を見ているかのよう。


『君はこれから、幾多《いくた》の困難に直面する』


唐突に機械的な声が頭に浮かぶ。

何の感情も読み取れない。

性別すらはっきりとしない。

無機質なただの音。

そんな声だ。

しかし、あやふやな意識の中で、その声だけがはっきりと脳裏に刻まれた。

『肩にかかるは、祖国の命運、民の命、地球人類の未来』

何の脈絡もなく、とんでもないことを言われた気がする。

ただの学生風情が背負うには、あまりにも重すぎるのではないか。

だけど、今の自分では、何も判断ができない。

後々《あとあと》後悔しないだろうか。

『君が挑むのは、複雑怪奇な迷宮、廃墟、大神殿に機械帝国』

迷宮、廃墟、大神殿、きかいていこく?

最後だけがいまいち分からなかったが、これらの言葉で思い浮かんだのは、時々友人と遊んでいたTRPG。

その中でも探索を主としたもの。

『君は何をもって挑もうとする』
探索ならば、それに向いた技能が欲しい。
深く考えることのできない頭で、それだけが浮かび上がる。
『了承した』
『安堵せよ、君は一人ではない』
どうやら仲間がいるらしい。
それもそうか、一人でやるＴＲＰＧは虚《むな》しいものだ。
『地球人類は常に君を見守り、祖国が君の背を支えよう』
一人じゃないって、そういう意味なのか？
というか、祖国以外は見守るだけかよ。
きたない、流石《さすが》他国、きたない。
『健闘せよ、君の奮戦に期待する』

その言葉を最後に、意識は沈んでいく。
深く、深く、どこまでも。
深淵が身体を包み込む。

『スキルが支給されました』

『【索敵】スキルを入手しました』
『【目星】スキルを入手しました』
『【聞き耳】スキルを入手しました』
『【捜索】スキルを入手しました』
『【精神分析】スキルを入手しました』
『【鑑定】スキルを入手しました』
『スキルの熟練度が加算されました』

『【索敵＋9】』
『【目星＋1】』
『【捜索＋1】』
『【精神分析＋2】』

西暦2045年　日本国

それは突然の出来事だった。

排他的経済水域と公海との境界線上に出現した虹色に薄く発光する障壁。
海外との通行断絶。
国際ネットワーク網からの孤立。
人工衛星とのリンク切断。
あらゆる場所の空中に映し出される真っ黒な映像。
混乱に陥る人々を前に政府は緊急会見を行う。

『これから発表する内容は全てが嘘偽りない正真正銘の事実です。

繰り返します。

これから発表する内容は全てが嘘偽りない正真正銘の事実です。

我が国は先程、我々が住む世界とは異なった世界、いわゆる異世界から宣戦布告を受けました。

それに伴い我が国は物理的、電子的、あらゆるモノが国外から断絶されました。

我が国は完全に孤立したのです。

我が国は只今より国家非常事態宣言を発令致します。

国民の皆様には混乱を起こさず通常の生活に戻っていただいて、今回の危機においてご理解とご協力のほど、よろしくお願いいたします』

判明した海外との断絶。

輸出入の消滅。

原料、食料、エネルギー、あらゆる物が欠乏する未来。

各地の生産施設から光が消え、市場からは商品が消滅。

亡国の危機。

平和な国で豊かな生活を送っていた国民が突如叩きつけられた絶望。

世界第2位のGDPにして西太平洋の地域覇権国家、日本。

この国は瞬く間に諦観と絶望と混沌へと陥ってしまった。

東洋随一の繁栄を誇った大国が緩やかに終わりへと向かう最中、空中に映し出されていた真っ暗な映像に変化がみられる。
そこに映っていたのは――――

俺と君達のダンジョン戦争

第一話　目覚め

深い闇に沈んでいた意識が急速に浮上する。
しかし闇からは抜け出せない。
意識があるようでない。
どこまでも薄く広がるあやふやな感覚。

「ドンッ」

突然の大きな音。

弾かれたように闇から抜け出し、意識がゆっくりと覚めていく。


「────ここ、は」


意識が覚醒して一番初めに見たものは、白い天井と豪奢なシャンデリア。

俺は寝ていたのか？

駄目だ、頭に靄がかかって考えるのがキツイ。

寝起きのぼうっとした頭のまま体を起こせば、左腕になんだか違和感。

違和感の因である左腕を見ると、腕時計とタブレットを足したような見たこともない機械が取り付けられている。

機械に付いているディスプレイはチカチカ点滅しており、寝起きには辛い。

自己主張が激しいな。

機械から目を離し、寝惚け眼《まなこ》で自分の周囲をぐるりと見渡す。

高級そうな執務机、数冊しか本が入っていない本棚、応接用と思われるテーブルと4つのソファーチェア。

先ほどまで自分が寝ていた床には、ふかふかの赤い絨毯《じゅうたん》が敷かれていた。

誰もがイメージする気品溢れる執務室とは、このような部屋を指すのだろう。

さて、周囲を見て思考の靄も大分晴れた。

ようやく回転してきた頭で、自分が置かれている状況を考える。

自分の名前は上野群馬《こうずけともめ》、地方国立大の3年次生にして生粋の群馬県民。

両親と妹弟の5人家族で恋人はいない。

生まれてこのかた彼女なんていたことないけど、まだ二十歳だからセーフだと思うの。

頭に残る最後の記憶は、お風呂上がりのセルフカバディを行った後、自宅の布団で眠ったところで途切れている。

断じて何処かも分からない執務室の床で眠った記憶はない。

しかも今の格好は黒いミリタリーブーツ、丈夫そうなカーキ色のカーゴパンツに黒のTシャツだ。

当たり前だが、自分は寝るときにこんな格好で寝た覚えはない。

小さいころからずっと、パンツ一丁でナイトキャップを被りながら寝ていたはずだ。

イタズラ、誘拐、ドッキリなど現状を説明する言葉がいくつも連想されるが、どれもしっくりこない。

寝ていたとしても、着替えさせられたら流石に気づく。

薬品で意識を失っていたとしても、そんなことをされる理由や相手は思いつかない。

中流家庭出身で何の利権にも関わっていない人間を誘拐しても、リスクとリターンが釣り合わない。

イタズラにしてはやり過ぎだし、そもそも相手に心当たりはない。

そして自分の左腕に装着されている機械は、今まで生きてきて見たこともないものだ。

さっきからチカチカ光って鬱陶《うっとう》しいことこの上ないが、現状を打開する手がかりは間違いなくこの機械しか存在しない。

絨毯が敷かれているとは言え、いつまでも床に座り込んだままという訳にもいかないので、応接用に設けられただろうソファーチェアに腰かけた。

執務机の椅子は、万が一この部屋の主が来た時になんとなく恐いので座らない。

こんなときでも他人からの印象を気にしてしまう自分の性格に僅かばかり辟易しながらも、左腕に装着している機械のディスプレイを見る。


『画面に触れてください　残り時間　23：55：43』


画面に触れることを要求する機械。

残り時間とやらは、着々と減少しているものの、あと1日程度は余裕があるらしい。

さて、ここで素直に押して良いものか。

時間に余裕があるようだし、その間にできることはないだろうか。

そんなことを考えるも、何の手がかりも得られないまま探索するのも恐ろしい。

結局のところ、自分に選択の余地なんてないのだろう。

ディスプレイに触れると、光の点滅が止まり画面が切り替わる。

『おはようございます　あなたは　６　人目の探索者です
特典　が　追加　されます』

どうやら他にも同じような立場の人間がいるようだ。
自分で６人目らしいが、全員で何人いるのだろうか。
表示が変わらないので、もう一度ディスプレイに触れると新しい画面に切り替わった。

『特典
下記の一覧から　１つ　選択してください

×すごいＫＡＴＡＮＡ
×かっこいいマント
×全高20ｍ全備重量40ｔの有人人型ロボット（70ＭＷ核融合炉搭載・武装別売）
×キューバ産最高級葉巻24ダース（葉巻用カッター・マッチ付）
・全環境対応型歩兵用強化装甲（ＭＡＤＥ　ＩＮ　Ｕ．Ｓ．Ａ）
×カトンジツ実践セットＳＹＵＲＩＫＥＮ付（ＮＩＮＪＡ！）
・コロンビア級戦略原子力潜水艦（トライデントミサイル・乗員155名込み）

・強くて成長する裏切らない従者（美少女でも美少年でもありません）
・便利な水筒☆おまけつき☆（内容量３５０㎖）
・スペシャル冒険セット
×現状を事細かに説明された書物』

どうやら1人目から順番に取られていっているようで、半分以上の項目が選択できない。

戦略原潜や強化装甲よりも、ＫＡＴＡＮＡやＮＩＮＪＡの方が人気のある現実に戦慄せざるを得ない。

おそらく小中学生が交じっているのだろうか。

しかし、どれも魅力的で迷ってしまうな。

水筒は論外としても、乗員付の戦略原潜は本当に貰えるのなら、是非とも貰い受けたいものだ。

うーん、と悩みながら強くて成長する裏切らない従者を選択する。

裏切らないというところが高ポイントだった。

『強くて成長する裏切らない従者（美少女でも美少年でもありません・・・・・）
で良いのですね？』

もちろん『はい』を選択する。

『美少女　ではありませんが、本当によろしいのですね？』

しつこいな。

『はい』を選択。

『かしこまりました

余談ですが　便利な水筒　にはおまけとして下記のものが付属していました

・水筒を持ってくれる美少女（清純）

・水筒に飲み物を入れてくれる美少女（幼馴染）

・水筒を忘れても届けてくれる美少女（義妹）

・水筒を飲ませてくれる美少女（お姉さん）

・予備の美少女（Hカップ）』

クソッ！

正解は水筒だったか！！？

あああぁぁぁぁぁぁぁぁぁぁ！！！

もどれ、もどれぇぇぇぇぇぇぇぇぇぇぇぇぇぇ……

ディスプレイを連打するも、嫌みったらしく美少女の文字が濃くなっただけで何も変わらない。

『現在のステータス　を表示します』

しばらくディスプレイ相手に格闘していると、画面が切り替わった。
ステータスとは、またゲームらしい言葉が出てきたものだ。

『上野群馬　男　20歳
状態　肉体：健康　精神：後悔（大）
HP　9　MP　17　SP　9
筋力　11　知能　17
耐久　9　精神　15
敏捷《びんしょう》　11　魅力　11
幸運　17
スキル
素敵　10
目星　2

聞き耳　1
捜索　2
精神分析　3
鑑定　1』

いつの間に俺の能力は数値化されてしまったのか……

知能、精神と幸運が高めだが、基準が分からないので何とも言えない。

自分なりの評価だが、筋力や足の速さは一般平均程度だと思っている。

それなので11前後が平均的な数値なのだろうか。

自分のステータスを眺めていると、スキルの項目に薄暗い文字で『ＯＮ』と表示されている。

試しに『索敵』の隣にある『ＯＮ』に触れてみる。

突然、視界の端に円形の地図が現れた。


「わ、わ、わ」


いきなりの事態に思わず間抜けな声が出る。

ステータスの表示も『精神：パニック（小）』に変化している。

明るい文字となった『ＯＮ』をもう一度押すと、視界の地図が消えた。

そこでようやく冷静になったので、再び『ON』を押すと、やはり視界の端に地図が現れた。

地図には、この部屋内の情報が表示されている。

これはどうなっているのだろうか？

腕の機械がどうなっているのか調べたところ、意外にもあっさり取り外すことができた。

しかし機械を取り外しても、地図は消えない。

機械を腕に装着し直すも、当たり前だが変化はない。

うん。

「かがくのちからってすげー」

地図にはこの部屋のテーブルや椅子の位置も表示されており、おそらく俺の事を表している矢じり型の表示が中心に位置している。

テーブルの位置を移動させてみると、地図に表示されたテーブルの位置も動き始めた。

……うん。

「かがくのちからってすげー！」

そうだよね、もう西暦２０４５年だもんね。

そりゃあ、技術も進歩するってもんさ。

ニュースでも大学の講義でも技術論文でも、見たことも聞いたこともない技術だけどね。

俺は穏便に帰れる僅かな希望を失った。

薄々気づいていたが、どうやらとんでもないことに巻き込まれてしまったらしい。

第二話　ミッション

しばらくステータス画面を弄ってみると、詳細説明などが出てきたおかげで各項目について大まかに把握できた。

状態　肉体：健康　精神：不安
ＨＰ　９　ＭＰ　17　ＳＰ　９
筋力　11　知能　17
耐久　９　精神　15
敏捷　11　魅力　11
幸運　17
スキル
索敵　10
目星　２
聞き耳　１
捜索　２

精神分析　３
鑑定　１

まずＨＰや筋力などは検証できないので今は良いとして、スキルについて分かったことは以下の通りだ。

索敵：周辺マップと敵味方探知機能？　らしい。範囲はスキルの数値がm半径の球形。
目星：視界内にある目ぼしいものが見つかる。
聞き耳：耳が良くなる。
捜索：隠れているものが見つかる。
精神分析：カウンセラーっぽくなれる。
鑑定：物が分かる。

捜索が目星、索敵と機能が被っている気がする。

もしかすると、それぞれ見つけられるものに特徴があるのかもしれない。

自分のステータスから推測できることだが、これはゲームなら探索物か推理物ではないだろうか。

脳裏に思い浮かぶのは、創作神話に基づいた某有名ＴＲＰＧ。

ＴＲＰＧは何度かやったことがあるし、推理や探索も苦手ではない。

宇宙的恐怖などは勘弁だが、戦闘さえからまなければ自分でも何とかやっていけそうだ。
ようやく現状を掴み始めていると、先ほどまで、あれこれ弄っていてもステータスを表示し続けていた画面が切り替わった。

『ステータス　は確認できましたね
あなた　に　新しいミッション　が発令されています』

ミッション？
どうやら、俺をこの状況にした何者かは、何らかの行動を求めているらしい。
行動の指針が与えられるだけ良い、と考えるべきか。
さて、一体どんなとんでもないミッションを出されるのやら。

『ミッション　【初めの一歩】
部屋から出ましょう
報酬：１０００円
依頼主：日本国第１１３代内閣総理大臣　高嶺重徳
コメント：頑張れ、日本代表！』

「わ、わ、わ」

と、と、と、とんでもない人から依頼が来たぁぁぁぁぁぁ⁉

やばい、やばすぎる‼

余計に訳が分からなくなったぞ！！？

コメントの『頑張れ、日本代表！』ってなんだよ‼

オリンピックか！

えっ、もしかして、今の状況って新しい何かのイベントなの？

「わけがわからないよ」

あまりにも予想の斜め上を突き破ってくれたミッションだが、ミッション内容は至って簡単だ。

その上、難易度に反して報酬は異様に高い。

依頼内容、報酬、コメント、どれをとっても、こちらへの気遣いがありありと感じられる。

引きニートという負債を抱えた親御さんですら、もう少し厳しめの依頼を出すはずだ。

部屋には執務机の脇にあるドアと、対面にあるドアの2つのドアがある。

常識から考えるに、脇にあるドアは、仮眠室や給湯室に繋がっているものだ。

つまりは、対面のドアを出れば、廊下か別の部屋か、いずれにしろ他の部屋と繋がっている部屋の外に出られるという訳だな。

俺はソファーチェアから立ち上がって、何の迷いもなく執務机の脇のドアを開けた。

いきなり廊下とかに出るのは怖かったのだ。

仕方ないよね、人間だもの。

ドアの向こうは、予想通りベッドと大きなクローゼットが置いてある寝室のような造りだった。

ベッドとクローゼットの間には、さらにドアがある。

そして、新たな部屋を知覚すると同時に、視界の端にあった地図も、真っ暗な空間から寝室に更新されていた。

どうやら『索敵』で表示される地図には、行ったことのある場所しか表示されないようだ。

腕の機械を見ると、ミッション画面も更新されていた。

『ミッション　【初めの一歩】　成功
報酬　10000円　が　端末　に振り込まれました』

どうやら腕の機械は『端末』と呼称されているらしい。

ディスプレイに『0円』という表示がされた後、『10000円』という表示に変わり、その数値が画面の右上に固定された。

そして再びミッション画面に切り替わる。

『ミッション　【そっちじゃない】

この際、あなたの私室を探索しましょう
報酬：10000円
依頼主：日本国副総理兼経済産業大臣　安倍晋五郎
コメント：気にせず自分のペースで良いんだよ』

あっ、リアルタイムで俺の現状を把握しているんですね。

やっぱり、こちらのドアでは駄目だったようだ。

そして気遣いで俺の心が痛い。

すみません、次は頑張ります。

ミッションの文面から察するに、さっきまでいた執務室とこの寝室は、俺の私室らしい。

ベッドがある事から、どうやら泊りがけの長期戦になりそうだ。

政府の許しも得たことだし、これからしばらく過ごすことになるだろう部屋を探索してみる。

まずは寝室に入ってから目についているクローゼットの中を開けてみた。

中には懐中電灯と予備のバッテリー4つ、充電コードが入っていた。

同封された説明書を読むに、満充電のバッテリー1つで12時間持続できるらしい。

バッテリーの数から、最長48時間の継続作業を行うことが推察される。

なじみ深い祖国の政府の名前が出てきたのですっかり安心していたが、もしかすると自分が置かれている状況は、依然として過酷なものかもしれない。

クローゼットは2つあり、片方には懐中電灯セットが入っていた。

もう片方も開けてみる。

上野群馬　は　ナイフ　と　針金　を手に入れた！

ふざけている場合ではないね。

刃渡り20㎝ほどのサバイバルナイフが、俺に過酷な現実を突きつけた。

同封された説明書には、ナイフの正式名称は『38式単分子振動型多用途銃剣』と書かれていた。

2038年に採用された国防軍の正式装備、スイッチを押すと刃が1秒に3000回の微振動し、同素材のスーパーカーボンですら簡単に切断できる！　らしい。

ナイフを持つと、ずっしりとした確かな重みが分かる。

500㎖のペットボトルほどもない重さでしかないけれど、命を奪うことができる重みだ。


うん、まずい。


どうやら本当にやばい状況のようだ。

宇宙的恐怖が現実味を帯びてきている。

針金は普通の針金だった。

でもとっても細いから、ピアノ線のようにも使えそうだ！

これで誰かの首を括《くく》ればいいんだろうか？

日本政府はこのナイフと針金で俺に何をさせるつもりなんだろう……

とりあえず不安を胸にしまい、見つけたものをズボンのポケットに入れた。

ポケットが沢山あるカーゴパンツで本当に助かった。

ベッドとクローゼットの間にあるドアを開けて探索を進める。

ドアの向こうは、トイレ、洗濯機、洗面台と曇りガラスっぽいもので遮られているお風呂があった。

もしかして、この空間を利用中も中継されたりするのだろうか？

すると端末の画面に変化があった。

『ミッション　【そっちじゃない】　成功
報酬　１００００円　が　端末　に振り込まれました』

『ミッション　【探索開始】
装備を整えて、私室から出てみましょう
報酬：１００００円
依頼主：日本国財務大臣　麻生太一
コメント：私室内は初回を除いて映像が流れないから安心しなさい』

良かった。

俺のプライベートは守られたらしい。

そして俺の状況が政府にモニタリングされている事が新たに判明した。

は、はずかしいっ！


俺は一旦執務室に戻り、執務机や本棚を漁る。

思えば、一番何かありそうなこの部屋だけまともに探索してなかったな。

漁った結果、執務机からはロープ、ライター、鈴、カーキ色のフィールドジャケットが出てきた。

なんでジャケットをクローゼットの中に入れなかったのだろうか。

本棚にあった3冊の本は、『図解ブービートラップ』『初心者も安心　ナイフ格闘術』『戦争の心構え』というラインナップだった。

あれ、これからやるのって探索系だよね？

俄《にわ》かに湧き立つ不安を無視して、探索で見つけた装備を身に着ける。

私室の探索は終了したので、後はもう部屋から出るだけだ。

背筋にゾクゾクと悪寒が走る。

激しくなる鼓動を落ち着かせるために、まずは深呼吸。

上野群馬、20歳、御国《おくに》の為に、覚悟を決めます！

「よし、行くか」

第三話　はじめてのたんさく

一歩踏み出した俺はドアにそっと耳を押し当てた。

部屋を出る前に聞き耳は鉄板だよね！

『聞き耳』

「…………」

『聞き耳』を意識してスキルを発動させたが何も聞こえない。

何も聞こえないと逆に不安だ。

もしかしたらよく分からないナニカが、俺が出てくるのをクソ芋出待ちスナイパーのように待ち構えているなんて馬鹿らしい想像が頭に思い浮かぶ。

いや、だいじょうぶ……だいじょーぶ！

総理なんて初めは何の装備も持たせずに部屋の外へ行かせようとしたのだし、きっと何もないんだよ。

いけるいけるいけるって！


よし……よし！

………よっしゃ！

いくぞぉ、俺はいくぞぉぉぉ！

しゃあ、しゃあ、わっしょい!!


そっと、音を立てないようにドアノブをゆっくり回して、ほんの少しだけドアを開けてみた。

部屋の外は廊下に繋がっていたようで、大理石っぽい白い床が真っ直ぐ延びている。

明かりも付いているので、懐中電灯の出番は今のところなさそうだ。

何も存在しないことを確かめて、慎重にドアを開けて部屋の外に出た。

もちろんドアを閉じるときも、音を立てずにゆっくりと閉じた。

率直に言うと、俺は部屋から出て一歩目にして泣きそうだ。

おれ、こわいよ、総理。

廊下は幅2mほどで結構広く、高めの天井には有機ELらしきベースライトが等間隔で並んでいる。見た限りでは、人の気配は感じないし、脅威になりそうな箇所も見当たらない。

難点なのは、今自分が履いているミリタリーブーツでは、慎重に歩かねば音が鳴ってしまうことか。キュッキュッ、とブーツの音が鳴るたびに、俺もキューキューとか細い鳴き声を上げて泣きたくなる。

まあ、こればかりは仕方がない、部屋から出て、周囲の安全も確認したことだし、更新されているであろう端末を確認する。

『ミッション【探索開始】成功
報酬　10000円　が　端末　に振り込まれました』

『ミッション【初めての探索】
いずれかの部屋を探索しましょう
報酬：10000円
依頼主：日本国国防大臣　加藤忠正
コメント：油断大敵、慎重なのは良いことである』

これで30000円、所持金は着々と増えている。

コメントを読む限り、俺の探索姿勢は間違ったものではないらしい。

本当に宇宙的恐怖のような冒涜的存在がどこかに潜んでいるのだろうか……

政府からも後押しされているので、これからも慎重スタイルでいこう。

命は1つだ。

ミッションで課せられた探索する部屋はどこでも良いらしいので、執務室から廊下に出て左側の部屋を探索しよう。

まずは部屋に繋がるドアにそっと耳を当てる。


『聞き耳』


部屋の中からは物音一つしない。

ドアをゆっくり開ける。

もちろん10秒毎に廊下を見渡すことも忘れない。

「………ぅぽ！」

部屋の中は真っ暗だった。

思わず変な声も出る。

やばいやばいやばい！

俺は慎重にドアを閉めた。
いきなり懐中電灯の出番ですか、そうですか。

無理だってぇぇぇぇ！

万が一部屋の中に何かが潜んでいたら、電気つけた途端に襲われちゃうだろ！
あれ、そう考えるとさっきドアを少しだけ開けた時も、廊下の光が部屋の中に入ってたんじゃあ
……
そこまで考えた俺は迅速に、かつ音を立てずに執務室に退却した。

「――はあ、はあ、はあ、はあ」
し、死ぬところだった……
荒い息を吐きながら、執務椅子に体を預ける。

もちろん、執務室の施錠はばっちりだ。

「さっきは流石にヤバかったな」

何がヤバかったのかは自分でも分からない。

強いて言うなら俺のヘタレ具合か？

さも大冒険を繰り広げたように言ってるが、実際は廊下に出て隣室のドアを少し開けただけだ。

我が事ながら、先が思いやられる。

でも仕方ないよね、ヘタレちゃったんだもん。

俺は息を整えてから、ナイフを抜いて逆手に構える。

ここに来て、今の醜態を政府に晒している事を思い出したのだ。


『聞き耳』


視界の端に映る地図、索敵マップには何も表示されていないが、万が一を考えて聞き耳を行う。

廊下からは何も聞こえない。

音を立てずにドアを開け、再び隣室に繋がるドアの前でスタンバイした。


『聞き耳』

何も聞こえない。

懐中電灯を廊下で点灯させて、僅かに開けたドアの隙間からそっと隣室の中に転がした。

チラリと多段ベッドが見えるもすかさずドアを閉める。


『聞き耳』


全神経を集中させて、耳をそばだてる。

何か物音がした瞬間、執務室に転進するためだ。

右手に握ったナイフ？

気分だよ！


室内からは何も聞こえなかった。

念のため10分ほど待っても、何も聞こえなかった。

ナイフを左手に持ち替えてもう10分待ったが、何も聞こえなかった。

ゆっくりとドアを開けて室内の様子を確かめるが、懐中電灯がドアを閉める前と同じ位置で多段ベッドを照らしているだけだ。


『目星』

「────ぽぅっ⁉」

直ぐ近くの真横から反応があった⁉

しまった！

俺としたことが索敵マップに反応せず、透明かつ臭いも音も気配もしない敵を失念していただと！！？

無駄な抵抗かもしれないが、反応があった方に向けて咄嗟《とっさ》にナイフを構えた。

室内照明の点灯ボタンでした。

やれやれだぜ！

懐中電灯を回収しつつ点灯ボタンを押して、明るくなった室内を慎重に見渡す。

ドアの近くには私室にもあったクローゼット2つと歓談用らしきテーブルセットが1つ。

それ以外はずらりと3段ベッドが並んでいる。

おそらく20台を超えるだろう3段ベッドには、見た限りでは綺麗に折りたたまれた寝具以外何も存在していない。

『聞き耳』

何も聞こえない。

目星！

……あれ？

目星!!

…………発動しないな。

端末をステータス画面に切り替えて、スキルの『目星』を見てみる。

『目星：再使用まで残り　58分46秒』

うわ、連続発動できないタイプだよ。

ゴミスキルがっ！

聞き耳先輩を見習えよ。

『捜索』

反応なし。

おそらく安全だと思われる。

よし、探索始めるか。

初めは当然の如く入り口近くのクローゼット。

何が飛び出してきても良いように、ナイフを向けつつ回避体勢を取りながらクローゼットを開けてみる。

針金かロープを括りつけて開けることも考えたが、それだと開けるたびに音が出てやばい。

クローゼットの中にはナイトキャップが入っていた。

おっ、これ俺のやんけ。

しかも俺が小学生の時から愛用していたものだ。

もう1つのクローゼットを開けると、中には紙の箱が1つとお茶の入ったペットボトルが2本置いてある。

箱はずっしりしていて結構重たい。

箱に貼ってあった付箋には、『国防軍戦闘糧食　上野君用スペシャルセット』と手書きで記載されていた。

俺の為に用意してくれてたんだ……

あったけえ、誰かの優しさがあったけえよ……！

いざと言う時に放り出せないので、これらを私室に置いてくる。

室内の3段ベッドを1台ずつ調べるも、寝具以外は何も存在しなかった。

そして部屋の奥までたどり着くが、テーブルセットと本棚が2つずつあるだけだ。

本棚には『世界の昆虫記シリーズ』『世界の詩歌シリーズ』など、おそらく娯楽用だろうが、恐ろしく興味を惹かれないラインナップが揃っている。

残念ながら、俺がこの本を読むときは来ないだろう。

一通りの探索が終わり、安全の為に執務室へ戻ってミッション画面をチェックする。

『ミッション　【初めての探索】　成功
報酬　10000円　が　端末　に振り込まれました』

『ミッション　【迅速な探索】
5つの部屋を探索しましょう
報酬：32式普通科装甲服3型
依頼主：日本国外務大臣　菅義政
コメント：臆病は恥ではないし、誰も馬鹿にしないぞ』

励ましの言葉ありがとうございます。

でも、これだけは言わせてください。

難易度と報酬上がり過ぎじゃない？

10000円から装甲服は飛ばし過ぎでしょ。

第四話　無駄なビビり

次のミッションは5つの部屋の探索だ。

前のミッションでは、私室を出て左方向に進んだのだし、私室の安全を確かめるためにも今度は右方向に探索を進めることにしよう。


結果から言ってしまうと、私室の右隣は、同じ造りの執務室だった。

クローゼットの中は空っぽで、本棚のラインナップは俺の私室と同様のものだ。

この部屋も私室と考えるなら、俺と似た立場の人間がもう一人いるということなのだろうか。

それにしてもこの屋敷？　には人の気配はないし、人がいた痕跡も見当たらない。

もう一人は後から連れて来られるのか？

それとも、俺の方が後から来ており、先任者は何らかの問題によりいなくなってしまったとか。

うーん、悩んでも仕方がないな。

解決の糸口が見えない問題は保留にし、俺は更に右方向へ探索を進める。

次の部屋は武器庫と形容すべきものだった。

各種銃火器とその弾薬はもちろん、剣や盾、槍などの時代錯誤な代物まで大量に保管されていた。

さらにそれらを整備するためであろう整備机が、様々な整備器具と共に設置されている。

当たり前だが銃は本物、弾は実弾、刃物類は真剣だ。

これらを使用する事態は真っ平御免だが、用意されているということは、つまりはそういうことなのだろう。

それに今回のミッション報酬である装甲服の存在も考慮に入れると、真正面からの銃撃戦なんて悪夢も現実になってしまいそうだ。

俺は銃火器の中から自分でも使用できる軽量かつ反動の小さそうなものを選ぶ。

こういう時、鑑定を用いると朧《おぼろ》げながら、どの武器がどんな特徴を持つのか何となく分かったので助かった。

上野《こうずけ》群馬《ともめ》 は 26式5・7㎜短機関銃 と 弾倉4つ を手に入れた！

ゲームだったらそんなナレーションでも出るのかな。

しかし、両手で持つ銃の重さが否応なしに現実を突き付けてくる。

俺が選んだ26式短機関銃は、往年の名銃であるFN　P90に似ている銃だ。

というか完全にパク……いや、オマージュしているだろ、これ。

説明書を読む限り、見かけだけでなく性能も似ており、5・7×28㎜ケースレス弾を50発収納できる弾倉はP90と互換性もあるらしい。

一応、P90よりも開発技術が優れていたらしく、P90と比較して軽量化と反動の減少を達成している画期的な傑作銃っぽい。

日本の友好国の警察や特殊部隊では、正式装備として採用しているところも多いそうだ。

武器庫には各銃の付属品《アタッチメント》も豊富にあった。

俺は持ち運びしやすいように26式にスリングベルトを装着し、射撃時にできるだけ音を抑えるために減音器《サプレッサー》を持っていくことにした。

サプレッサーを装着したままだと、銃が長くなりすぎて取り回しがやたら難しくなったためだ。

可能なら銃を撃つ練習がしたかったけど、残念ながらそんな設備は無い。

悲しいことにいざという時は、本番一発勝負になりそうだ。

そんな事態になれば、おそらく俺は死ぬだろう。

咄嗟に安全装置を外せなかったり、銃の反動に驚いてただ弾をばらまいたりしている自分の姿が目に浮かぶようだ。

悲しいことに、これが素人の現実なんだね。

だからと言って剣や槍は論外だけど。
肉弾戦とか絶対無理です。死んでしまいます。
むしろ振り回した剣で逆に自分が斬られちゃうのが簡単に想像できてしまう。
やっぱり自分に戦闘は向いてないようだよ。
そういえば特典で貰った従者はどうなったのだろう？
あれから何の音沙汰もないんだが。
まあ、戦略原潜とかもあったし、専用の受取できる場所があるのだろう。
今は26式を両手に持って探索を再開する。

次の部屋はトイレだった。
小便器が4据、洋式便所が5据の男子便所だ。
お隣もトイレだった。
洋式便所が8据の女子便所だ。
どちらも使われた形跡はなく、新品同然だった。
とりあえず私室のトイレットペーパーがきれたら、ここから補充すればいいんだね。
当たり前だが、トイレットペーパー以外は目ぼしいものは置いてなかった。
そしてミッション達成となる5つ目の部屋だ。

『聞き耳』


俺はいつものように聞き耳を発動するが、毎度の如く反応なし。

そっとドアを開け、ドアの近くにある照明の点灯スイッチを押してから、そっとドアを閉める。


『聞き耳』


もはやこれが探索時におけるルーチンと化している。

俺自身の戦闘力に全く期待できない以上、慎重に進めるしか選択肢は無いのだ。

仕方ないよね、ビビりだもの。

しばらく待っても反応が無いので、そっとドアを開けて室内に潜入する。

ずらりと並ぶテーブルにカウンターらしき物。

ここは食堂か。

俺はカウンターの向こうの調理スペースを一旦無視し、食堂のテーブル下を隈なくチェックする。

万が一テーブル下に何かが潜んでいたら自分の命はなくなったも同然だ。

警戒するに越したことは無い。

テーブル下には椅子以外何もないことを確認した俺は、調理スペースの探索に移った。

調理スペースには包丁やフライパン、鍋などの調理器具が一通り揃っている。

食材が手に入れば、ここで料理をすることもできるだろう。

棚や引き出しの中には、食堂の規模に相応しい数の食器類や様々な種類の調味料がある。

どれも使用した形跡はなく、調味料に至っては全て未開封だ。

巨大な冷蔵庫の中には、手付かずの野菜や肉、魚などの生鮮食品が保存されていた。

今までの探索結果から考えると、どうやら自分がここに一番乗りしたようだ。

そしてもう一つの執務室、3段ベッドやこの食堂を見るに、それなりの人数が連れて来られるはずだろう。

生活スペースの違いから、自分ともう一人の執務室を宛てがわれる人物が、3段ベッド組の指導的立ち位置に置かれると考えて良い。

武器庫にあった大量の銃火器から考えると、大人数を率いて戦争の真似事でもさせられるのか？

いや、今はそんなことを考えていても仕方がない。

今まで探索していった部屋の内容から、ここら一帯は自分たちの生活空間だと推察できる。

すると、俺がずっと警戒していた敵対存在なんて存在しなかったんじゃないのか。

つまり、俺は今まで無駄にビビっていただけになるな。

うん、仕方ないよね、人間だもの。

ともあれ、これでミッションは完了したので、端末を確認する。

『ミッション　【迅速な探索】　成功

報酬　32式普通科装甲服3型　が　受取可能　になりました』

『ミッション【報酬の受取】
道具屋に預けられた報酬を受け取りましょう
報酬：10000円
依頼主：日本国農林水産大臣　山本英樹
コメント：そろそろ食事にしてはどうでしょう』

よっしゃ、ご飯の時間だ！

ここで調理しても良かったのだが、折角なので国防軍からの思いやりが詰まった戦闘糧食《レーション》を食べよう。

私室に戻り、執務机で『国防軍戦闘糧食　上野君用スペシャルセット』とやらの蓋を開けてみる。

中に入っていたのは、無地に文字がプリントされている白米・鳥飯・カニ飯・スモークウインナー・モツ煮込みの缶詰。

酢豚、鳥の照り焼き、肉団子、すき焼き、コーンスープのレトルトパック。

特別配給とプリントされたステーキのレトルトパック。

そして、それらを温めるための器具と食器類。

ここまでが本来の戦闘糧食なのだろう。

しかし、これらの隙間に押し込むかのように、明らかに戦闘糧食でないカラフルなパッケージのチョコレートやワッフルなどの菓子、高そうな果物の缶詰、風邪薬などの医薬品がギュウギュウに詰め込まれていた。

あったけえ、名前も知らない誰かからの思いやりがあったけえよ。

第五話　俺の冒険はこれからだった

泣きながらご飯も食べ終わったし、さあ、報酬を受け取ろう！と言ったところで、俺は気づいた。

「道具屋って、どこですか？」

俺の冒険が始まった。

俺の冒険はパパッと終わった。

敵が出てこないと分かったら、探索は予想以上にスムーズに進んだのだ。

結論から言ってしまうと、予想通りここには敵どころか罠すら存在しなかった。

そして2名の士官と96名の兵員が、生活できる環境が整えられていることも分かった。

武器庫に保管されていた各種銃火器や、新たに発見した防具倉庫にあったボディーアーマーなども予備を含めて人数分用意されているのだろう。

食料庫には100名の人間が1ヵ月は食事に困らないだけの食料が保管されており、俺だけなら数年は食料問題について無視できるはずだ。


そして今、俺は改めて道具屋と表記されたドアの前に来ている。

隣には食料庫に繋がるドアと、ギルドと書かれたドアがある。

ギルドに関しては、どうやらお酒が飲める場所らしい。

西部劇に出てきそうな酒場を近代的にしたような部屋だった。

ギルド内には他にも設備があったものの、今は機能しておらず詳細は分からなかった。

道具屋に入ると、パソコンが置かれているカウンターとエレベーターの入り口みたいな大きなボックスが設置されている。

道具屋に限らず、武器屋や防具屋も同様のレイアウトだった。

もはや分けている意味がない。

これがいわゆる様式美というやつなのだろうか？

カウンターの上にあるパソコンは俺の入室を検知して自動的に起動していた。

『いらっしゃいませ　本日はどのようなご用件でしょうか』

パソコンの画面に表示された文字を流し読み、検索欄のような場所にキーボードで『ミッション報酬受取』と入力する。

『ミッション報酬受取　ですね　該当する候補が　1　件　あります

1　ミッション　【迅速な探索】　報酬　受取』

これで間違いないだろう。

『受取』をクリックすると、カウンターの横にあるボックスからゴウンゴウンと低い音がする。

しばらくして、ボックスの扉が開いた。

「ほう、これが……」

ボックスの中には、それなりに大き目のダンボールが置かれていた。

ダンボールにはご丁寧に、『日本国　国防陸軍』と達筆な文字がプリントされている。

ダンボールを抱えてみると結構重いが、想像していたほど重くはなかった。

時代は軽量化というやつだね。

しかし、ここから私室まで運べるほどの軽さではない。

俺は仕方なくここで開封することにした。


ダンボールの中に入っていたのは。
・32式普通科装甲服３型
・88式鉄帽４型
・単眼型暗視装置
・各部パッド
・防刃手袋
・各種お菓子、ジュース、薬品類

なんかオマケがいっぱい入ってた。

折角なので貰ったチョコバーを食べつつ、装備を身に着けていく。

防弾チョッキのような32式装甲服は、装甲服と言う割には軽かった。

おそらく2、３kgといったところか。

軽いだけでなく、厚さもそこまでではないようで、動きを阻害される感じは着る前と比べてほとんどない。

服の上からチョッキを身に着けているような感覚だ。

こんなので装甲の役割を果たせるかどうか心配になるが、説明書によると500m先からの12・7㎜重機関銃の掃射に耐えられるらしい。

へー、今の装甲服ってそんなに進歩してるんだ。

映画で見たことのある21世紀初頭の装甲服は、拳銃を防ぐので精一杯だったようだけど、やっぱり科学って進歩してるんだなぁ……

まあ、重機関銃なんて掃射されたら、装甲服は耐えられても衝撃で俺自身が吹き飛ばされそうだが。

88式鉄帽は、鉄帽と銘打っているが、明らかに鉄製ではない。

プラスチックのような質感と軽さだ。

暗視装置を取り付けられるようになっていたので、同封されていた暗視装置を取り付けて頭に被る。

顎紐を調節すれば、ちょっとやそっとでは外れないほどしっかりと固定された。

肘と膝にパッドを取り付け、防刃手袋をはめれば、あら不思議!

そこには歴戦の兵士が立っているではありませんか!!

なんてね、実際はコスプレしたミリオタが精々だ。

だけど、これで報酬を受け取ったことにはなるだろう。

端末の画面を確認すると、案の定、ミッションが更新されていた。

『ミッション　【報酬の受取】　成功
報酬　10000円　が振り込まれました』

『ミッション　【初めてのダンジョン】
装備を整えてダンジョンに向かいましょう
報酬：42式無人偵察機システム　6機
依頼主：日本国国土交通大臣　石破仁志
コメント：くれぐれも慎重に、行って帰って来るだけで良い』

え、ダンジョンですか？

第六話　初めてのダンジョン

という訳で、やってまいりました！

俺の目の前にはダンジョンに繋がるだろう扉が鎮座している。

場所は生活空間のちょうど中心部分にある十字路のようになっている場所。

ミッションのコメントを読むに、政府はまだ本格的なダンジョン探索は望んでいないのだろう。

報酬が無人機であることを考えると、本格的な探索は自分でやらずに無人機で行うことを希望しているのだと思う。

今回は報酬目的で、本当に行って帰って来るだけで良さそうだ。

今までの対応から予想通りではあるものの、政府としては出来る限り俺に危険な真似をさせたくないのだろう。

さて、ダンジョンへの扉だが、困ったことに４つ存在していた。

扉にはそれぞれ特徴的な意匠が施されている。

恐ろしい雰囲気の化物や異形の人型。

洗練された雰囲気の武装した人に似た種族。

どこか廃れた雰囲気の天使と神らしき存在。

かっこいいロボット。

どれもが易々と踏み込むことを許さない威圧感を放っている。

特にロボットはやべぇ、一つだけ画風が違う！

とりあえずロボットだけは無いとして、他３つの中から最初に足を踏み入れるダンジョンを選ばなければならない。

どれが一番無難だろうか？


化物や異形の人型の扉は、もう、見た感じ明らかな死亡フラグだ。

開幕フェイスハガーされても、なんら違和感はない。


人に似た種族の扉は、普通に戦争って感じだ。

なんかハイテクな銃とか持ってそう。


天使と神はなんだかお疲れ気味だけど、全体的に優しそうな雰囲気だ。

どうせだったら俺は優しそうな人に銃口を向けたいな！


この時、暢気《のんき》に下らないことを考えていた俺が愚かだったのだろう。

俺は、扉を開けるのは自分であると、勝手に思い込んでいたのだ。

「さーて、どれにしよーかなー？」

そんな舐めきった言葉が口から出た瞬間。


バン！

化物や異形の人型が描かれた扉が、突然開いた。

……開いてしまった。

「ひょぇ!?」

突然の奇襲、俺は間抜けな声を出すしかなかった。

昨日までバリバリのインテリ大学生であった自分では、銃を構えることも、逃げ出すことも、何もできなかった。

しかし、幸いなのだろうか、扉を開けた存在は、阿呆面を晒す俺をどうすることもなく、ただ見つめているだけだ。

朱《アカ》。

ソレの印象は、朱としか言いようがない。

元々どんな色だったのかは分からない。

ソレは全身が朱く濡れていた。
どれほど鼻が利かなくとも、脳裏まで侵してくる鉄の臭い。
命の臭い。
死の臭い。
全身を朱く染める中、ソレの瞳だけが爛々《らんらん》と存在を主張している。
悍《おぞ》ましい狂気を放つその瞳には、俺の姿だけが映し出されていた。

ああ、死にましたね、これは。
上野群馬の大冒険　完！

「――――こんにちは！」

上野群馬の英雄譚　完!!

「あれ？　……こんにちは!!」

上野群馬の伝説　完！！！

「こーんーにーちーはー！！！」

ソレは、わざわざ俺の耳元までやってきて馬鹿みたいなデカい声を出しやがった。

強烈な鉄錆臭が鼻腔を犯し、脳髄を麻痺させて精神を冒涜的に蹂躙《じゅうりん》する。

「……こんにちは」

これ以上放置すると、冗談抜きに耳の鼓膜が破れかねない。

とりあえず挨拶を返すと、ソレはようやく得られた反応が嬉しかったのか、ニタリ、と口角を吊り上げる。

こわい。

もしかして俺、このまま食べられちゃうのかな？

「ようやく反応しましたね！

まずは初めまして、私の名前は高嶺華《たかみねはな》、ピッチピチの現役JD《女子大生》!!　これからあなたと一緒に化け物共を抉《えぐ》り潰すなんてワクワクしちゃう!!　よろしくお願いしますね！」

そう言って笑みを向けてくる絵面は、間違いなくグロ画像……いや、ゴア画像だが、どうやらコイツは俺と同じ人間らしい。

それにしても『化け物共を抉り潰す』ね、何だかんだで探索がメインかと思いたかったが、ガッチガチの戦闘物のようだ。

彼女、高嶺嬢の様子を見る限り、盛大に汚い花火をぶちまけることになりそうだが、今は気にしまい。

……やっぱり滅茶苦茶気になるわ！

「初めまして、高嶺嬢。俺の名前は、上野群馬《こうずけともめ》、君と同じ大学生だ。

残念ながら戦闘はあまり得意ではないが、まあ、お手柔らかによろしく頼むよ」

声が震えそうになるのを、腹に力を込めて何とか抑え込んだ。

気になる点は山ほどあるけれど、全身を朱く染めた冒涜的存在にそれを尋ねる度胸もない。

しかし、高嶺嬢は俺の自己紹介を聞いて可笑しそうに笑った。

「ふふふ、ずいぶん謙虚な方なんですね。そんな殺《や》ル気満々な恰好だと、説得力ないですよー！」

まだ新鮮な血液が滴り落ちている抜身の刀を片手に持ちながら、もう片方の手を口元に添えて上品に笑う高嶺嬢には恐怖しか感じない。

近くで見ると身長は俺より小さいし、顔の輪郭も端正だと感じるが、それを魅力に思えるほどの余裕が俺にはなかった。

手に持つ26式が何とも頼りない。

彼女の足元に広がる血溜まりを見て、廊下にカーペットが敷かれていないのを安堵することしかできない。

「折角お会いしたのですし、このまま一狩ご一緒しませんか？　いえ、是非行こうではありませんか！」

彼女は俺の答えも聞かずに、空いている手で俺の手を掴んだ。

「ヌチャリ」

国防軍の思いやりが詰まった新品の戦闘手袋が真っ赤に染まる。

「ちょうど私も、汗とかで気持ち悪かったんです。さあ、一緒にシャワー《血の雨》を浴びましょう！」

セリフだけなら魅力的な言葉と共に、俺の初めてのダンジョン探索が強制的に始まった。

第七話　青年は戦いの無残さを知る

扉の先は、巨大な空洞だった。

剥き出しの岩盤は、所々ぼんやりと薄い緑色に光っており、何処となく神秘的な雰囲気を感じる。

そして地上には各国の国旗を模《かたど》った発光パネルが存在感をここぞとばかりに主張していた。

各発光パネルの下には扉が設置されており、巨大な空洞内にそれらが２００程度並んだ光景は、神秘的な雰囲気を問答無用で吹き飛ばしてくれる。

見た目は完全にオリンピックや国際会議のノリだ。

もちろん俺達が通ってきた扉の上には、白地に赤い円、我らが日の丸が、盛大に光り輝いていた。

開きっ放しだった扉は俺達がある程度離れると勝手に閉まっていき、閉まりきった後にガチャン、と施錠したかのような音が鳴った。

「私達がドアノブに触れれば、勝手に鍵が外れるので大丈夫ですよ」

俺が戸惑う前に高嶺嬢が見た目に似合わない気遣いをみせてくれる。

できればダンジョンに連れ出す前にそれを見せてほしかったよ。

「この空洞には化け物共は踏み込めないようで、ここからでなくちゃ戦えないんですよねー」

そう言いながら高嶺嬢は俺の手を掴んだまま、空洞から唯一繋がっている道にズイズイと進んでいく。

「高嶺嬢はここに来てどれくらい経つんだい？　あと、そろそろ俺帰っていいかな？」

ミッションはすでに達成されているので、もうお家に帰りたいんですが。

「へイへーイ、そう言わずに付き合ってくださいよー。今日目が覚めて、そのままここに来たので10時間くらいですかねー」

どうやら俺と同時に来ているらしい。

それにしても彼女の姿はもちろん、痕跡すら見つけられなかったので、言葉の通り、目覚めてからすぐにダンジョンへ向かったのだろう。

すげえよ、お前。

俺よりも早くに目が覚めただろうし、彼女が持っている刀やマントは、特典の『すごいKATANA』と『かっこいいマント』か。

武器庫や防具倉庫に刀とマントが無かった以上、それくらいしか思いつかない。

最初に起きた奴は特別に2つ貰えるとかだろう。

俺の従者もどこかにいるはずなので、彼女の特典がどこにあったのか後で聞いておくことにしよう。


遠くにあるように感じられた空洞の出口も、気づけばあっと言う間に通り過ぎてしまった。

今はどこまでも続いていると錯覚してしまう薄暗い道を歩いている。

整地されていないデコボコな地面には、点々と赤黒い汚れがずっと先まで真っ直ぐに続いていた。

おそらく俺の手を掴んで離さない女から垂れている液体の跡だ。

本来なら視界の確保に苦労するところだが、俺には暗視装置があるので隅々までよく見える。


今、俺はそのことを少しだけ後悔している。

道に転がっている大きな岩や分かれ道があるたびに、正体不明の醜悪な化物の惨殺死体が無造作に放置されていた。

どれも原形を留めていないが、地球上の生物でないことだけは明らかな異形生命体の死体。

へー、敵ってこんな感じなんだー。

あまりにも呆気ないモンスターとの初遭遇だった。

苦痛に歪んだゴブリンの生首、腹を裂かれ腸《はらわた》をぶちまけているコボルト、手足を切り落とされて達磨《だるま》になったオーク。

ゲームや漫画でよく見られる様々なモンスター、いわゆる魔物達が無残に殺され、四肢を散乱させ、生命の尊厳を汚されている。

生きていたら恐怖と暴力を遺憾なく振るっていただろう魔物達は、既にその命を失って躯《むくろ》だけを晒していた。

高さ5mはある天井まで赤黒く染まっており、彼らの血しぶきがいかに盛大だったかを物語っていた。

高嶺嬢はそれらを道端の石ころとでも思っているのだろうか、歩みを緩めることもなく道を進んでいく。

きっと君がヤッたんだね……

『ガアアアァァァァ』

何本目かの分かれ道を通り過ぎた時、突然、凄まじい雄叫びが後ろから聞こえた。

「っ！」

慌てて振り向くが、分かれ道の物陰に隠れていたであろうコボルトが、鋭利な爪を振りかざして間近に迫っている。

うわ、普通に恐い！

俺が何の対応もできないまま、剥き出しになったコボルトの犬歯が視界いっぱいに迫る。

これは死にましたね。

「へイへーイ！」

俺が運命を受け入れた瞬間、高嶺嬢の裏拳がコボルトの横っ面を粉砕した。

「グチャリ」

瞬く間に身体ごと壁に叩きつけられたコボルト。

クラッカーのように弾け飛んだ頭部は既に無く、彼を襲った衝撃の凄まじさを無言で物語りながらズルズルと壁を赤く染めて地面に落ちていく。

地面に落ちたそれを見て、初めて2m近いコボルトの大きさが分かり、その脅威を実感する。

しかし、衝撃で全身の骨肉が砕かれた彼の身体は、ピクピクと痙攣《けいれん》するだけで二度と立ち上がることは無かった。

「まだまだ御夕飯には時間がありますし、ガンガン行きましょー」

「そっすね、高嶺さん」

「へイヘーイ、さん付けなんてやめてくださいよー」

「了解した、高嶺嬢」

とりあえずこの女と一緒にいれば安全であることは分かりました。


魔物の放置死体や時々襲ってくる魔物の解体ショーを眺めつつ、高嶺嬢に連れられて辿り着いた場所はスタート地点と同じくらい巨大な空洞だった。

あそこと違う点があるとすれば、空中で飛び回っている蝙蝠《こうもり》の翼を持ったひょろいゴブリンのような魔物ぐらいか。

今まで登場してこなかった新種だが、もう見るからにホラー映画で主役を張れそうな凶悪極まりない見た目だ。

そんなのが広大な洞窟を埋め尽くさんばかりに飛び交っている光景は、ビビリな俺からすれば地獄絵図でしかない。

俺だけなら間違いなく回れ右一択だ。

しかし、急降下して襲い掛かってくるそいつらを、高嶺嬢は嬉々として刀で叩き斬ったり、素手で引き千切ったりしている。

俺はその光景を空洞の隅っこにあった岩の陰に隠れながら眺めていた。

薄暗い洞窟の中を飛び交う魔物の姿は、完全にＳＦホラーの怪物であり、俺には高嶺嬢と一緒に正面から立ち向かう度胸なんざ欠片も無かった。

念のために背負っていた26式短機関銃は、サプレッサーを装着して安全装置を解除しておく。

まあ、銃を撃ったこともない素人が、空中を飛び回る敵に弾を当てることなんてできないだろうが、万が一を考えてだ。

魔物を次々と惨殺していく高嶺嬢の様子を見るに、俺が銃を撃つ機会なんてなさそうだが。

魔物は仲間が殺されるたびに集団での突撃、多方向からの強襲、地面スレスレでの超低空突撃などの様々な戦法を繰り出してくるが、高嶺嬢はそれらの戦術を真正面から蹂躙している。

すごーい！

高嶺嬢、つよーい！

彼女の無双シーンを眺めるだけかと思っていた俺だが、空を飛んでいた魔物の中でも一際大きな体をした個体が俺の隠れている岩に向かって降下しだした。

俺は急いで頭を引っ込めて岩陰に体を隠す。

もしやバレタのかと思ったが、そういう訳ではないらしく、そいつは俺の隠れている岩の上に降り立つと、同族を蹂躙する高嶺嬢に向かって大きく口を開けた。
驚いたことに、そいつの口の中に向かって光の粒子っぽいものが急速に集まりだす。
粒子が集まるにつれ、そいつの口の中に生成された緑っぽい光の玉が成長していく。
これはあれか、ビームとかエネルギー弾とかのそっち系か。
「ヘイへーイ、どんどん降りてこーい！」
高嶺嬢に未だ気づく様子は見られない。
このままだと無警戒の彼女に向かって不思議な光線が放たれてしまうだろう。
幸いなことに俺とそいつの距離は３ｍと離れていない。
この距離なら世界一腕の立つ殺し屋でなくとも当てられるはずだ。
俺はそいつの後ろから、そっと銃口をそいつの頭に向けた。

そのキレイな顔をフッ飛ばしてやる‼

「―――いやあ、最後は凄かったですね！」
数時間はいた気がするダンジョンから扉を通って生活スペースに戻った時、高嶺嬢は労いの言葉と共に空洞での戦いを振り返る。

「一番大きな魔物を木端微塵《こっぱみじん》にして、本当に汚い花火を咲かせるなんて流石です!!」

あの時、大技を出そうとした魔物に向けて撃った弾は、見事にそいつの頭部に命中した。

そりゃあ、あれだけ至近距離で連射したら流石に当たる。

ただ、問題は当たった後だった。

頭に銃弾が命中したことでそいつは即死したであろうが、口の中に溜めていたエネルギーはなくならなかったらしく、そいつの口の中で暴発したのだ。

その結果、汚い花火が咲いてそいつの体液を真正面から浴びることになってしまった。

おかげで今の俺は、真正面は返り血で真っ赤。高嶺嬢と大差ない状態になってしまっている。

新品だった装甲服なども盛大に赤く染まっており、洗濯して落ちるか非常に心配だ。

「私、上野さんと一緒にシャワー《血の雨》を浴びられて大満足です！

……いえ、もう私達は戦友、これからは上野さんなんて他人行儀な呼び方じゃ失礼ですねー。

改めて、これからよろしくお願いしますね、ぐんまちゃん！」

高嶺嬢がなんか言っているが、気にしないことにする。

それよりも端末のミッション画面を確認しよう。

『ミッション　【初めてのダンジョン】　成功
報酬　42式無人偵察機システム　6機　が　受取可能　になりました』

『ミッション【初めての情報収集】
無人偵察機にダンジョンを哨戒《しょうかい》させましょう
報酬：無人機用共通規格バッテリー　72個
依頼主：日本国文部科学大臣　小泉貫太郎
コメント：総理の孫をよろしく！』

「えっ？」

第八話　総理の御令孫

「私の祖父ですか？　確かに母方の祖父は、総理大臣の高嶺重徳ですよー」

俺の私室の応接テーブルで、俺が恵んでやったスモークウインナーの缶詰をつつきながら、高嶺嬢がニヘラと笑った。

狂気しか感じなかった全身ゴア女は、血を洗い落とした後、清楚な黒髪美少女に大変貌を遂げていた。

しかも驚いたことに彼女は、俺達にミッションを課している張本人、高嶺総理の御令孫らしい。

たまげたなー。

突然祖父の事を尋ねられて不思議がる高嶺嬢に、端末のミッション画面を見せてやる。

すると彼女は、『もう、貫太郎小父様はー！』と拗ねるように頬を膨らませた。

若干幼さを残す彼女の容姿もあって、本来ならば非常に可愛らしく思えるのだろうが、彼女の狂気を五感の全てに刻み込まれた俺からすれば、『口から火を吐く3秒前』にしか見えない。

そういえば、彼女のステータスやミッションはどうなっているのだろうか？

十中八九最初の時以降、端末なんて確認してなさそうだが、あれほどの戦闘能力を持つ彼女のステータスは興味がそそられる。

俺の肉団子を美味しそうに頬張っている高嶺嬢の細腕には、とてもじゃないが成人男性以上の体格を持った魔物を真っ二つにしたり、素手で首を引き千切ったりできる筋肉が詰まっているとは考えられない。

何らかのスキルか、彼女が装備していた『すごいKATANA』か『かっこいいマント』の機能だろう。

「高嶺嬢、今後の連携も踏まえて、お互いの端末情報を確認し合わないか？」

「端末情報？　……それってなんですか？」

案の定、高嶺嬢はステータスやミッションについて、ほとんど確認していなかったようだ。

特典は、選択し終えたらいつの間にか後ろに置いてあったらしい。

なにそのイージーモード？

差別やん。

未だに『強くて成長する裏切らない従者（美少女でも美少年でもありません）』の手がかりすら掴めていない俺との待遇の違いにジェラシーを抱きつつも、高嶺嬢の端末を見せてもらう。

「どうぞ、ぐんまちゃん。お好きなだけ見てくださいね！」

『高嶺華　女　20歳
状態　肉体：健康　精神：正常
HP　24　MP　2　SP　24
筋力　18　知能　2
耐久　24　精神　24
敏捷　24　魅力　18
幸運　4
スキル
直感　5
貴人の肉体　10
貴人の一撃　5

貴人の戦意　10』

「…………強い」

彼女のステータスを見て思わず本心が漏れる。

知能と幸運を除けば、高嶺嬢は正しく化物だった。

そして恐ろしいことに、彼女の保有スキルは全てがＯＦＦになっていたのだ。

つまり、ダンジョンでの蹂躙は彼女の素の身体能力で行っていたことになる。

なにより恐ろしいのは、そんな猛獣の如き戦闘力を秘めた彼女のオツムが虫けら並だということだ。

思い出すのは、切り裂かれた腹から零れ出る自身の腸を必死に戻そうとするオーク、首を掴まれてそのまま脊髄を引き摺り出されたゴブリン、生きたまま手足をもぎ取られて最後には頭蓋を踏み砕かれたコボルト。

それらの姿に未来の自分自身が重なる。

オークと、ゴブリンと、コボルトと、それからわたし、みんなちがって、みんないい。

いや、良くねぇよ。

俺は彼らの姿と自分自身を重ねようとする思考を無理やり中断し、楽しみにとっておいた最高級桃缶を高嶺嬢に差し出した。

「ぐんまちゃん！　ありがとうございます!!」

無垢な笑顔で桃缶を貰い、お嬢様らしく上品に食べだす高嶺嬢を見ていると、全身ゴア女とは別人に見えるのだから女は不思議だ。

彼女のスキル『直感』の効果は名前からして分かる。

未来予知にも似た第六感といったところか？

ただ、『貴人の肉体』『貴人の一撃』『貴人の戦意』の効果がよく分からない。

貴人というのは、総理の御令孫であることから納得できる。

しかし、その後に続く肉体、一撃、戦意という言葉は、貴人という言葉に似つかわしくない。

これが貴人ではなく、狂戦士や殺戮者、覇者とかだったら分かり易いのだが。

それにスキル名の横に書かれていた数字、おそらく熟練度とかだろうが、その数値が俺のステータスに比べて高かったのも気になってしまう。

彼女のスキルには『10』と『5』が2つずつもあったが、俺のスキルで『10』なのは、今も視界の端に表示されている索敵だけだ。

初対面の時は狂気に呑まれて失念していたが、索敵マップには味方である高嶺嬢は青い光点で表示されている。

ついでに、ダンジョン内の魔物は赤の光点、魔物の死体は灰色の点で表示されていた。

俺は改めて自分のステータスを確認する。

『上野群馬　男　20歳
状態　肉体：疲労　精神：疲弊
HP　9　MP　17　SP　5／9
筋力　11　知能　17
耐久　9　精神　15
敏捷　11　魅力　11
幸運　17
スキル
索敵　10
目星　2
聞き耳　4
捜索　2
精神分析　3
鑑定　1』

あれ？
表示されたステータスに違和感がある。

『肉体：疲労』確かに俺は疲れている。

『精神：疲弊』あんな惨殺現場を見て、疲弊で済んだだけ幸運だろう。

『聞き耳　4』成長してないか？

確か聞き耳は最初の時点で1だったはずだ。

今日だけで100回以上使い倒したので、その分だけ熟練度が成長したということだろうか。

なんにせよ、成長できるなら、今はほとんど役に立っていない鑑定や目星、捜索も活用の幅が広がる。

俺の未来にやっと希望が見えてきた。

お互いのステータスを考えれば戦闘では高嶺嬢に頼りっぱなしになるだろうが、索敵や兵站《へいたん》などの後方支援では俺の能力を存分に活かすことができるだろう。

スキル構成も俺と彼女の分野が明確に違っている以上、ダンジョン攻略ではお互いの長所を活かすスタンスでいくしかない。

俺に彼女のような戦闘なんて到底無理だし、彼女のお粗末な脳みそでは探索も分析も期待できない。

彼女の端末に表示されたミッション画面は、俺と共有のものだったので、ダンジョン攻略での目的や方針も同じものを設定できる。

現時点において、高嶺嬢は競合相手ではなく協力し合う相手だ。

今後は戦闘に関して彼女を主戦力に置き、俺が戦闘以外を担当してミッションをクリアしつつ、攻略を進めていく方針で良いだろう。

「ぐんまちゃーん！」

俺が今後の方針を考えていると、突然フォークに突き刺さった桃が現れた。

「幸せのお裾分けですよー」

ようやく結婚できた行き遅れ女が、結婚式で独身の友人にブーケを投げるかの如きことをのたまって、高嶺嬢が桃を食べさせようとしてきた。

美少女に食べさせてもらえるシチュエーションは願っても無いことだ。

だけどね、フォークを突き出された瞬間、殺されるかと思いました。

「ほらほら、遠慮なさらずっ」

高嶺嬢はそんな俺の心情なぞ知らんとばかりにズイズイと桃を俺の口に宛がおうとする。

こんな時、先程まで彼女が口に含んでいたフォークに意識が向いてしまうのは、男の性か、それとも生物としての生存本能か。

「……うん、ありがとうね」

まあ、お互いの戦闘力を考えれば、そんなことに無駄な思考を費やす暇は無く、俺はすぐに桃をパクついた。

口の中に広がる甘さは、我が祖国の生鮮食品保管技術をここぞとばかりに実感する。

「うふふ、どういたしまして、ぐんまちゃん！」

高嶺嬢は照れくさそうにはにかんだ。

まあ、その桃缶、元々は俺のなんだけどね。

第九話　魔石

「ぐんまちゃーん、朝ですよー」

俺の爽やかな朝は、うら若き乙女の呼び声で幕を開けた。

窓どころか時計すらない空間なので、本当に朝なのかは分からない。

手探りで枕元に置いた照明用リモコンを探り当てる。

「ぐーんーまーちゃーん、あーさーでーすーよー！」

目覚めた後は、美少女の俺を呼ぶ声を聞きながら、顔を洗って髭を剃る。

ちなみに朝の歯磨きは朝食後にする派だ。

「ぐぅぅんぅぅまぁぁちゃぁぁぁぁん！　あぁぁさぁぁでぇぇすぅぅよぉぉぉ!!」

アパートなら壁ドン間違いなしの騒音をBGMに、昨日のうちに洗濯しておいた一張羅を着込み、姿見で身だしなみのチェック。

ベットリと付いていた赤いシミは、綺麗さっぱり無くなっているし、服装の乱れもなし。

備え付けの洗濯乾燥機にしわ伸ばし機能が付いていて本当に助かった。


「ぐぅぅぅぅぅぅんぅぅぅぅぅぅぅぅまぁぁぁぁ――――」

「おはよう、今日も素敵な朝だな、高嶺嬢」

扉を開けた先に立っているのは、シミ一つない白い肌を紅潮させ、つり目がちなパッチリおめめを血走らせた抜身の刀を持った殺人鬼。

なんで朝から抜身の刀を持ってるんですかねぇ？

「ぐんまちゃん！　おはようございます。

さあ、一緒に朝ご飯、食べましょう！」

これから朝ごはんを食べるのに、抜身の刀を持つ必要性……ありますか？

もちろん、目を血走らせた狂戦士にそんなツッコミができるはずもなく、俺は朝食を共にすべく高嶺嬢を自室に招き入れるのだった。

訳の分からない状況に放り込まれて2日目の朝は、こうして始まった。

「わー、なんかハイテクそーですねー」

「そうだな、高嶺嬢」

今日日《きょうび》、小学生からでも出ないような馬鹿丸出しの感想を述べた高嶺嬢が見ているものは、昨日のミッションで報酬として貰った『42式無人偵察機システム』だ。

無人偵察機は直径50㎝ほどの円盤状であり、中心部分でプロペラが回る仕組みの暗緑色の機体だ。

出入り口のある空洞の地面にずらりと並ぶ6機の無人偵察機。

俺の手元には、これらを一括して管制できるタブレット端末。

説明書を参考にタブレットを操作して無人機を起動させる。

無人機は低い唸り声を上げると、機体をダンジョンの地面や岩盤に合わせた色と模様に変化させる。

ＳＦ映画でしか見たことのない光景だ。

「ぐんまちゃん、ぐんまちゃん！　色が変わりましたよー！」

「そうだな、高嶺嬢」

これは4、5年前に国防軍が完成させた最新の迷彩システムだ。

世界でも日本でしか実用化されていない次世代型光学ステルスシステムであり、２０４０年以降の年式の兵器にはだいたい搭載されている、と説明書に書いてある。

タブレットの操作を続け、無人機に搭載されている自己学習型人工知能に哨戒命令を与えた。

「うひゃー、動きましたよー」

「そうだな、高嶺嬢」

６機の無人機は機体中心部のプロペラを回転させてゆっくり浮き上がり、滑らかな軌道で唯一の通路へと消えていった。

「行っちゃいましたねー」

「そうだな……寂しいのかい、高嶺嬢？」

高嶺嬢がどこか寂しそうにぼやく。

あの機体達をここまで運んだのは高嶺嬢なので、いつのまにか愛着でも湧いていたのだろうか。

「寂しくはないですねー！」

「そうなのか、高嶺嬢」

元気良く否定された。

寂しくはないらしい。

俺は自分で運んできた唯一の物であるタブレットの画面を哨戒モードに切り替える。

タブレット画面に映し出されるのは、リアルタイムで無人機から送信されている哨戒情報だ。

無人機に搭載されている３次元レーザー観測装置により、詳細な地形情報が観測できる。

時速60㎞で飛行する無人機によって、すごい勢いでダンジョンの地図が作製されていく。

これだよ、これこそが技術立国日本の本来あるべきダンジョン探索なんだよ！

無人機が哨戒している間にタブレットとは別の腕についている端末を確認する。

『ミッション【初めての情報収集】成功
報酬　無人機用共通規格バッテリー　72個　が　受取可能　になりました』

『ミッション【魔石収集】
魔物から採取できる魔石を10kgギルドに納品しましょう
報酬：32式普通科装甲服3型　3着
依頼主：日本国厚生労働大臣　田中正栄
コメント：従者はギルドに在り』

田中さん、グッジョブ！

あなたのコメントが何よりの報酬です!!

厚生労働省からの通達によれば、どうやら俺の特典はギルドで受け取れるらしい。

魔石はよく分からないが、適当に魔物の体をばらせば見つかるだろう。

「高嶺嬢、そろそろ俺達も動くとしよう」

「へイへーイ、狩りの時間ですねー？　化物共に地獄ってやつを叩きこんでやりましょー！」

高嶺嬢はマントの内側から刀を取り出して、興奮したように高々と掲げる。

その姿は未だ血塗られてはいないが、狂気が隠しきれていない。

流石は総理御令孫、そんじょそこらのお嬢様じゃ真似できないぜ！

スプラッターの時間だ！


「ヘイヘーイ、まだまだ死なせませんよー」

陰鬱とした薄暗い洞窟内に高嶺嬢の場違いなまでに弾んだ声が軽やかに響く。

彼女はその声色を裏切ることなく、楽しそうに、憐れなオークの肺を引き千切った。


『ブギイイィィィィイ！』


目算で全高２・５ｍ、体重５００kgを超えているであろう豚顔の魔物は、四肢を奪われてされるがままとなっている。

現在進行形で死んだ方がマシな目に遭っている彼は、自分の身体からナニカを失うたびに悲痛な叫び声を上げていた。

俺は今晩、豚肉を食べれる自信がない。

魔物の身体のどこに魔石とやらがあるのか分からないので、検証のために魔物を解体してほしいと頼んだ結果がコレである。

てっきり息の根を止めてから解体してくれるのかな、と思っていたら、高嶺嬢は俺の想定を易々とぶち抜いてくれた。

俺は縋るような視線を向けるオークから目を逸らして、高嶺嬢が解体していく部位を一つずつ切り開いていく。

38式単分子振動型多用途銃剣を使えばよく分からない生き物の良く分からない部位なんて、熱したバターのようにサクサク切れる。

やっぱり安心の国産は違いますね！

でもこれって元々、クローゼットに入ってたんだよな……

とんでもないもんを日常の生活空間に入れてくれるね。

「おー、面白いモノを持ってるじゃないですかー」

高嶺嬢がナニカを見つけたようだ。

彼女にとっての面白いものか……

もしかして心臓のことを言っているのかな？


「ひとつー、私に下さいなー！」

童歌の一節を口ずさみながら、彼女はこぶし大の赤い石を抉り取った。

おぞましさしか感じない。

「あれ、ダウンしちゃいましたねー？」

それまで満身創痍ながらも、それなりの大きさの悲鳴を上げていたオークは、その石を取られた途端、瞳から光を失って何の反応もしなくなる。

これを見る限り、あの赤い石が魔石で間違いないだろう。

「へイへーイ、次の方どーぞー」

息絶えたオークを手早く解体した高嶺嬢は、刀で腹を壁に縫い付けられたゴブリンに手を伸ばす。

実は検証にあたり、高嶺嬢には複数体の魔物の捕獲をお願いしたのだ。

憐れな同胞の惨状を見せられた彼は、先ほどから必死に自身を縫い付けている刀で自害を図ろうとする。

逃げるよりも自害を選択させるあたり、高嶺嬢が齎《もたら》す狂気は種族の境界線を越えているらしい。

しかし、高嶺嬢が振るった時はあれほどの切れ味をみせた刀は、何故かなまくらのように切れ味がなく、腹の傷を抉るだけで切り裂く気配はない。

彼が感じるのは激痛のはずだ。

だが彼は自害を止めようとはしない。

そこには打算も理性も存在しない。

真っ当な生命体としての本能だけが、生よりも死を望んでいるのだ。

「高嶺嬢、もういいよ、ありがとう」

「おや、もう良いんですかー。遠慮なんてしなくて良いんですよー？」

目的を達した以上、惨劇を繰り返す必要はない。

俺はゴブリンの腕を引き千切ろうとする高嶺嬢を押し止め、ゴブリンの心臓があるっぽい場所にナイフを差し込んだ。

魔石のようなゴリゴリした感触がナイフ越しに伝わる。

彼が最後に見せた救われたかのような表情を俺は忘れないだろう。

この状況をリアルタイムで見ている政府にはご愁傷様と言っておこう。

「さて、次の魔石を採りに行こうか」

「はーい」

第十話　ギルドと真実

バーカウンターが併設された酒場のような空間。

そんな空間の奥に控える役所のような窓口は、あまりの場違いさに訪れた者へ歪《いびつ》な印象を与える。

室内には空調が行き届いているというのに、何故か天井に設置されているシーリングファンがそんな空間に不思議とマッチしていた。

ダンジョンで軽くジェノサイドした俺と高嶺嬢は、魔石の納品と俺の特典を受け取るためにギルドへやって来ていた。

「不思議な空間ですねー」

高嶺嬢はバーの椅子に腰かけながら、酒場と市役所が融合したようなギルドをキョロキョロと観察している。

彼女についていた返り血で、オシャレなバーがあっという間に殺人現場へビフォーアフター。

汚れを落とさずにギルドへやって来てしまったことを軽く後悔する。

とりあえず彼女を放置して、ギルド受付に設置されたタッチパネルから、魔石納品を選択する。

すると、受付のテーブルに穴が開いたので、その中に採ってきた魔石を全て投入。

ギルドのディスプレイには、『36・24kg』の文字が表示され、『換金しますか？』と出てきたので『はい』を押すと、36万2400円が端末に振り込まれた。

どうやら魔石は1kgあたり1万円の価値があるようだ。

高嶺嬢のステータスを見る限り、彼女にきちんとした金銭管理ができるとは思えないと自分で認めたため、当初の予定通り俺が一括で資金管理をすることになった。

というか、資金以外にも武装、防具、食料等の生活物資の管理は一括して俺が行う事になる。

戦闘面は彼女に頼りきりだし、兵站管理くらいやらねば申し訳が立たない。

そもそも、知能2に頭脳労働を任せる度胸を俺は持っていない。

ミッションを達成したので端末から確認しても良いのだが、俺は続けて特典である『強くて成長する裏切らない従者（美少女でも美少年でもありません）』の受取を行う。

やっぱり固有装備は先に確認しておきたいよね！

タッチパネルを操作すると、壁の一部がガコンとずれて、中から人影が現れた。

2m50㎝ほどの身長は、味方には安心感を、敵には威圧を与えるだろう。

銀色に輝くメタリックボディーは、丸みを帯びた体つきも相まって下手な銃弾なら撥ね返すはずだ。

赤く輝く双眸は、一度捉えた目標を決して逃さない強い意志が感じられる。

紛うことなきロボットだ。

全く期待なんてしていなかったけど、やっぱり美少女でも美少年でもなかったよ。


「わっ、なんだかハイテクそうですね！」

高嶺嬢が既視感を覚える馬鹿っぽい感想を吐く。

ロボットは2体出現し、それぞれの額には『美少女』、『美少年』とプリントされていた。

美少女でも美少年でもないって、そういうことね。

ロボットが収納されていた空間から出ると、ずれていた壁は元に戻る。

しかし、ロボットはそれっきり動こうとはしなかった。

おそらく命令待ちだろう。

「つやつやしてますね！」

高嶺嬢が見るからに金属の塊であるロボットを赤ん坊のように高い高いしている様は、もはや何も言うまい。
ロボットの金属製外殻の中身が発泡スチロールでないことを祈るばかりだ。
ちょうど良いので、ロボット達はその場で待機させて、端末のミッション画面を確認する。
『ミッション　【魔石収集】　成功
報酬　32式普通科装甲服3型　3着　が　受取可能　になりました』
ここまではいつも通りで良かった。
しかし、次の表示が問題だった。
『日本国高嶺内閣　の　今週　の　ミッション数　は上限に達しました
次の　ミッション　はありません』
「………………おいおい」
梯子《はしご》を外された気分だ。
てっきり政府からの指示に従っていれば、ダンジョン攻略はトントン拍子に進むと思っていた。
この状況についても政府がある程度把握しているものかと思っていたが、どうやら今の状況の黒幕は日本政府よりも現状では上位に位置するらしい。

それにまだ他の人間は見ていないが、ダンジョンの空洞に設置されていた世界中の国旗と、その下にある扉を見た限り、他国も同様の事態に直面していると考えるのが普通だ。

見たこともない化物が徘徊するダンジョン、『スキル』などの仕組みのよく分からないシステムを構築する意味不明な技術、各国政府よりも上位に位置する黒幕。

もしかしたら現状は、俺達は勿論、日本をはじめとした世界中の人々もとんでもない事態に直面しているのかもしれない。

「ぐんまちゃん、どうしたんですか？　顔色が悪いみたいですよ」

高嶺嬢がいつの間にやら俺の目の前まで来ていた。

普段は意志の強そうなつり目がちな瞳が、心配そうに揺れている。

その瞳の中に宿る不安の色を感じて、何より鼻孔をくすぐる血の臭いにより、俺は悪い方向にしか進まない思考を中断させた。

「いや、端末からミッションが受けられなくなってね」

「だったら、ギルドから受けられると思いますよ？」

なんてことのないように彼女は言った。

確かにゲームや漫画ではギルドと言ったら依頼やミッションだ。

彼女の言葉に従ってギルドのパネルを操作すると、ありましたよ。

『ミッション　があります

日本国　から　4　件
次元統括管理機構　次元間紛争管理部　から　2　件』

『次元統括管理機構　次元間紛争管理部』ね、この名前だけで今の状況がだいたい把握できた。

つまりあれだろ？

他の世界から侵略かまされた、うちの世界が、次元統括管理機構とやらのお蔭でダンジョン攻略という形で決着つけることになったとかでしょ。

ようは代理戦争だね。

この情報を鵜呑みにすればという前提条件付きだけど、2日目にして事情が概ね分かったよ。

まずは祖国からのミッションを見る。

『ミッション　【資源が大ピンチ】
資源チップを納品しましょう
鉄鉱石：10枚　食料：10枚　エネルギー：50枚　希少鉱石：10枚
報酬：42式無人偵察機システム　6機
依頼主：日本国経済産業大臣　鈴木市太郎
コメント：誠に申し訳ないが、出来る限り早急に頼みます』

『ミッション　【一刻も早い資源開拓】

新しいモンスターの魔石を納品しましょう
報酬：42式無人偵察機システム　６機
依頼主：日本国第１１３代内閣総理大臣　高嶺重徳
コメント：孫娘がなんかゴメン』

『ミッション　【原油の確保を切望す】
資源チップを納品しましょう
エネルギー：50枚
報酬：50万円
依頼主：エネルギー資源庁長官　大橋一輝
コメント：少ない報酬で誠に申し訳ないが、君達だけが頼りなんだ』

『ミッション　【国内産業壊滅の危機】
２日以内に新しいモンスターの魔石を納品しましょう
報酬：１００００円
依頼主：日本経済連盟会長　岩崎松貴
コメント：報酬制限さえなければ……すまないが、頼む』

うん、日本が大ピンチだわ。

もしかしなくても、輸出入が止まってるんじゃない？

それに最初から何かあるとは思っていたが、報酬には制限があったらしい。

初めて目にする資源チップなる要素は置いといて、次元統括管理機構のミッションを見る。

『固定ミッション　【魔石の交換】
モンスターの魔石　は　資源チップ　と交換可能です
新しいモンスター　の　魔石　を納品すれば　新しい資源チップ　と交換可能になります
ゴブリン：鉄鉱石　オーク：食料　コボルト：エネルギー　大蝙蝠：希少鉱石
報酬：各種資源チップ
依頼主：次元統括管理機構　次元間紛争管理部　対象世界資源管理課
コメント：日本国　の　資源輸入　は　遮断　されています』

『ミッション　【魔界　第1層の開放】
魔界　の　第1層　を開放しましょう
報酬：道具屋　武器屋　防具屋　の　新商品　の　開放
依頼主：次元統括管理機構　次元間紛争管理部　購買課
コメント：日本国　からの　攻撃的兵器の補給　は　制限　されています』

なるほど、魔石は資源チップと交換できるんだね。

おそらく資源チップは該当する資源と交換できるのだろう。

交換レートは分からないけど、ミッションで要求されている数量を見る限りはそこそこの量と交換できるはずだ。

うん、だいだい把握した。

こりゃあ、各国でもダンジョン探索が始まったら、熾烈《しれつ》な資源獲得競争になるね。

まあ、そんなことを考えるより、今やるべきことは……

「高嶺嬢、一狩行こうぜ！」

「ヘイヘーイ！」

第十一話　戦利品

「ヘイヘーイ、あなた達の命はここで終了ですよー！」

高嶺嬢が片手で振るった刀でガーゴイルを両断しながら、もう片方の手でオークの魔石を生きたまま抉り出す。

身体を頭から真っ二つにされたガーゴイルは勿論、魔物達にとって生命の中核らしい魔石を周辺の臓物ごと失ったオークも当たり前だが即死だ。

1秒もかからず醜悪な怪物を物言わぬ躯に大改造ビフォーアフターした高嶺嬢は、彼女の周囲を埋め尽くす魔物達に次なる魔の手を伸ばす。

流れるように魔物達へ死を届ける高嶺嬢の姿はまるで踊っているように見えた。

「でーんでーんむーしむーし、かーたつむりー」

唐突に、高嶺嬢が歌を口ずさむ。

「おーまえの、あーたまはどこにあるー？」

透き通り過ぎていて冷たさすら感じるはずの彼女の声は、知能2故に本来持つ印象を感じさせることなくどこか楽し気な声色で童謡を紡ぐ。

その場に響くのはやたらに上手い彼女の歌声と魔物達の断末魔。

勿論、俺は動揺した。童謡だけにね。

「つのだせ」

巨大な角を持つ鬼のような魔物、オーガ。

そいつの角が根本から引き抜かれ、激痛のあまりオーガが血涙を流しながらショック死していた。

神経線維や血管がピロピロと残っている角を、高嶺嬢は興味なさげにポイ捨てする。


「やりだせ」


高嶺嬢はオークの頭をおもむろに掴むと、次の瞬間には脊髄ごと引きずり出した。

新鮮故に付着している血や肉片を飛び散らせながら鞭のようにしなる脊髄（頭付き）。

それを高嶺嬢は槍に見立てて別の魔物にゆっくりと（当社比）突き刺した。


「あたまだせー！」


片手に持っているのに何故か使っていなかった大太刀をようやく振るった高嶺嬢。

一閃。

彼女の周囲をへっぴり腰で囲んでいた魔物の頭がダース単位で飛んだ。

はじめから使ってやれよ。


「ヘイヘーイ！」

気分良く歌い終えてテンションが一段階上がってしまった高嶺嬢は放っておこう。

俺は俺で新たに獲得した戦力を使ってみたくてしょうがないのだ。

魔物達のほとんどは底無しの狂気をバーゲンセールで大売出し中の高嶺嬢と強制バトルに突入しているが、僅かではあるものの一部の魔物は確定的に安牌である俺へその矛先を向けようとしている。

やっぱりアレとは戦いたくないよね。

分かるよ、その気持ち。

だって味方の俺でも彼女から距離取りたいもん！

俺は内心でこちらに向かってくる魔物の集団に同情しながらも、新たに得た2体のロボットを前衛において彼らの後ろから26式短機関銃を掃射する。


『プギィィィ』


銃撃を受けた前衛のオーク達は痛みに悲鳴を上げるが、のっしりとしたその歩みは止まる様子が無い。

貫通力の弱い短機関銃の銃弾は、オークが持つぶ厚い脂肪に阻まれて重要器官を傷つけるには至らなかったようだ。

しかし、痛みで僅かに進行速度は鈍っている。

それを隙と見たロボット達は、武器庫から持ってきた剣でオークの群れに斬りかかった。

もちろん、そんな状況でも俺の銃撃は止まらない。

弾切れになり次第、慣れない手つきで弾倉を交換しながらも狂ったように腰だめで連射する。

ロボット達がオークにかかりきりとなっている間に、オークの陰に隠れていたコボルトとゴブリンが突撃してくるからだ。


『ガアァァァァ』


オークと違って耐久力の低いコボルトとゴブリンは、身体を銃弾に貫かれて次々と倒れていくが、そんな仲間の死体を踏み越えるどころか肉の盾にして俺との距離を詰めてくる。

高嶺嬢抜きで戦って分かったが、魔物達はそれなりに知能があるようで、奇襲や陽動作戦は勿論、仲間を盾にするなどの過激な戦法も平気でとってくる。

こちらが近代兵器で武装しているとはいえ、舐めてかかって良い相手じゃない。

むしろ素人大学生が相手にするには荷が重すぎる。

俺が銃撃を続けて何とかコボルト達の突撃を抑えていると、ようやくオークの群れを片付けたロボット達が奴らを強襲する。

ロボットと協力して魔物の群れを何とか殲滅《せんめつ》し終えると、高嶺嬢の方も戦闘が終わったようだ。

「お疲れ様です、ぐんまちゃん！　魔石を採るの手伝いますよー！」

高嶺嬢は両手に肉片をつけたまま、俺達が殲滅したモンスターの方へ駆け寄っていった。

彼女が来た方向を見ると、血と臓物で原形の良く分からない肉塊が、一面に積み重なっていた。

その量は、俺が相手をしていた魔物の数倍では収まらないかもしれない。

「トラウマになりそうだ」

実際にトラウマになる訳ではないが、こうでも言っておかないと流石に気が滅入る。

いや、本当に俺の精神が常人よりも強めで良かったよ。

短機関銃では貫通出来なかったオークの肉をものともせずに素手で魔石を抉り出す高嶺嬢。

そんな彼女の隣で、最新鋭の単分子振動型ナイフを使ってなんとか魔石を採取しながら、しみじみとそう思った。


「うーん、2機やられちゃったか」

無人偵察機の管制タブレットには、展開している6機の無人機のうち、2機からの信号が途絶えていることが表示されている。

間違いなく魔物に撃墜されたのだろう。

幸いなことに自己学習型の人工知能が、すぐに撃墜要因を分析し、対応したお蔭で被害の拡大は防がれている。

だが、哨戒を開始して1日も経っていないのに、3分の1の損失は痛い。

第1層ですらこれなのだ。

ミッション報酬で追加されるとしても、こんなペースで消耗していては、補給されたそばから無くなりかねない。

この問題の解決は、自己学習型人工知能がどこまで成長できるかにかかっている。

「今後の成長に期待するしかないな」

「ぐんまちゃーん、また分かれ道ですよー」

「左だよ」

「はーい！　ありがとーございますー！」

今、俺達は無人機が発見した魔物の物資集積地を目指している。

隊列は、前方を高嶺嬢、左右後方にロボット達、真ん中は俺だ。

基本的に最もか弱い俺を全力で守る配置になっている。

道中では魔物と会敵次第、高嶺嬢が蹂躙して、偶に横から奇襲してくる小型の魔物をロボットが蹴散らしている。

俺はその間、タブレットの地図と索敵マップを見比べながらの道案内だ。

あと、定期的な聞き耳と捜索のスキルで奇襲の察知もしているよ！

「前方に敵影発見」

「了解です、ぐんまちゃん！」

索敵マップに赤い光点が入ってきたので、高嶺嬢とロボットに注意を促す。

俺達の警戒を感じ取ったのだろうか、真紅の毛皮を持つフレイムウルフが物陰から飛び出してきた。

その毛皮は偽装の為なのか、土塗れになっており、上手く地面や岩壁にとけこんでいた。

知恵の回る犬っころだ。

「わー、わんちゃんですよー」

散歩中のポメラニアンを見かけた女子大生みたいな高嶺嬢は、グリズリー並みの体躯で彼女の喉笛を食い千切らんとするフレイムウルフの首を掴んで地面に叩きつけた。


『ギャン』


フレイムウルフの悲鳴が通路に木霊する。

急いで起き上がろうとするも、その前に高嶺嬢の足が彼の頭蓋を踏み砕いた。


「一丁上がり、ですね！」

高嶺嬢はそう言って俺にウィンクすると、手早く魔石を抉り取ってマントの中に収納した。

セリフと行動の釣り合わなさも、彼女のウィンクも、素手で毛皮を突き破ったことも気にならないが、マントの中がどうなっているのかは気になった。

「流石だな、高嶺嬢。さあ、先に進むとしよう」

「うふふ、ありがとうございます！　どんどん行きましょー！」


魔物達の物資集積地は隠し部屋のような通路の先にあった。

驚くことに奴らの食料は木で出来た樽の中に保管されていた。

どうやら個々の魔物の知能レベルはともかく、集団としてはある程度の文明と技術を保有しているようだ。

樽を作製できるにもかかわらず、戦闘は武器を持たず素手で行っていたことは気になるけどね……

高く積まれた大量の樽に紛れて、破壊された無人偵察機も置かれていた。

どうやらこの部屋は戦利品の保管庫も兼ねているらしい。


『目星』

何か有用なものは無いかと思い、スキルを発動させると、１つの樽に反応があった。

「美少女、その樽を開けてみてくれ」

ロボットの1体、額に美少女と書かれている個体に命じて、反応のあった樽を開けさせる。

罠は無いだろうが、一応、念のためだ。

「ぐんまちゃん……やめておきませんか？　……なんだか私、嫌な予感がします」

高嶺嬢が珍しく気弱な様子を見せる。

今まで伸ばしていた語尾もすっかり元通りに萎れている。

索敵マップを確認すると、先ほどは俺達以外の反応がなかったマップ上に、緑の光点が弱弱しく表示されていた。

青でも赤でもない光点は初めてなので、何を示しているのかは分からない。

「ぐんまちゃんぅぅ……」

高嶺嬢は不安そうに俺の服の裾を引っ張る。

彼女は開けるのを止めてほしそうだ。

高嶺嬢が戦闘態勢に入っていない以上、危険なものではないと思うが、万が一を考えると開けない方が良いのかもしれない。

しかし、結論を出すのが遅かったのか、既に美少女は樽の蓋を開けて、その中を俺達に見せていた。

「――――キャッ」

中身を見た瞬間、高嶺嬢が少女のような悲鳴を漏らして縋り付いてきた。

樽の中身は……うん、戦利品だった。


「………ア……ウウ」


体中のあらゆる部位を失いながらも、驚いたことに未だ意識を保っている。

スキルという原理不明な特性が、強靭な生命力を無理やり与えた結果だろうか。

血まみれで分かり難いが、彼の衣服に付いた国籍識別マークには、細長い足が特徴的な鳥の絵が描かれている。

どこの国かは分からないが、きっと俺達と同じようにダンジョンを探索し、俺達と違って魔物に敗れたのだろう。

高嶺嬢がいるせいで感覚が鈍っていたが、本来なら魔物とは俺達人間よりも遥かに強靭な生物なんだ。

ましてやそいつらは戦術なんて物を駆使してくるのだから、苦戦し、もしかしたら敗北するのが普通なのかもしれない。

強制的に生かされてはいるものの、どう見ても助からない彼か彼女。

「……ア、アア」
「……可哀そうに」

俺には銃口を向けることしか、してやれることは無かった。

『ミッション【資源が大ピンチ】成功
報酬　42式無人偵察機システム　6機　が　受取可能　になりました』
『ミッション【一刻も早い資源開拓】成功
報酬　42式無人偵察機システム　6機　が　受取可能　になりました』
『ミッション【原油の確保を切望す】成功
報酬　50万円　が　受取可能　になりました』
『ミッション【国内産業壊滅の危機】成功
報酬　10000円　が　受取可能　になりました』

「――これでひとまず安心、かな」

樽の中身を処分した後、俺達は保管庫の物資を燃やしてダンジョンから撤退した。

幸い俺の索敵レーダーには他の未確認反応は検出していなかったが、今の俺達には敵の物資を持ち帰る余裕は無かった。

高嶺嬢が健在ならある程度は回収できたのだろうけど、樽事件後の彼女は柄にもなく調子を崩していて無理だったのだ。

そのままダンジョンから直帰した俺達はギルドで魔石を納品し、ミッションを達成して今に至るってわけだ。

「高嶺嬢、今日の仕事はこれで終了だよ。あとはシャワーでも浴びて、少し早いけど夕ご飯にしようか」

俺の背中にピッタリと引っ付いてる高嶺嬢に声をかけるが、彼女は微動だにしないまま何も反応してくれない。

彼女の身体の震えが小刻みに伝わるだけだ。

樽事件が起きてから高嶺嬢はずっとこんな調子である。

狂気的なまでの天真爛漫さは鳴りをひそめ、今はすっかりふさぎ込んでしまっている。

確かに樽の中身は衝撃的だったけど、俺としては高嶺嬢の戦闘風景の方がよっぽど凄惨だったと思うんだけどな。

活きオークの魔石探しの時とか、ワンチャンの頭を踏んじゃったところとか……

まあ、ゴブリンの頭を握り潰し、コボルトの頭を引っこ抜き、オークの幹竹割りやフレイムウルフの首なし死体を量産している高嶺嬢といえども、同族の達磨さんはこたえるということか。

「……分かった、部屋まで送るよ」

返ってくることのない高嶺嬢の返事を待たずに、俺は彼女を背中に引っ付けたままギルドを出る。

身長170㎝の俺よりも10㎝以上小柄な彼女は、ふさぎ込んでいるにもかかわらず器用にも俺の歩幅に合わせてずっと背中に顔を埋めたまま移動している。

全身を魔物達の返り血で染めた高嶺嬢を背中に装備しているおかげで、俺の背中は服の下まで赤黒く染まっていた。

洗濯したらきれいさっぱり汚れが落ちてくれることを祈るばかりだ。

「今日の夕ご飯も戦闘糧食なんだが、高嶺嬢は何か食べたいものはあるかい？

確か酢豚とハンバーグが有ったかな、沢庵も有ったね、あとお米類は赤飯だけだったか……」

おめでたい時に食べる赤飯を今夜食べるのもどうかなって思うけど、他にお米がないんだものしょうがないよね！

「…………」

当たり前だが高嶺嬢からの返答は無い。

こんな時、何か気の利いたことの一つでも言えたらよかったんだけど、生憎とそんな機転が利いていたら二十歳になるまでに恋人の一人でもできていたことだろう。

残念ながら達磨さんを見てショックを受けている全身返り血塗れの令嬢に対して、慰めの言葉なんて浮かぶはずも無かった。

「着いたよ、高嶺嬢」

俺達の拠点もそこまで広いわけじゃない。

ギルドから出て数分もかからずに私室まで来てしまった。

目の前には高嶺嬢の私室に繋がる扉が、その隣には俺の私室の扉がある。

「…………ぐんまちゃんぅ」

ヌチャヌチャに濡れた背中が僅かに引っ張られる。

おそらく高嶺嬢は甘えているのだろうが、鼻孔を貫通して脳髄にまで突き刺さるような強烈な鉄錆臭が甘ったるい雰囲気を強制的にシャットアウトする。

「……シャワーでも浴びて、色々と、洗い流してくると良い。

きっと、サッパリするよ」

ワンチャンあるのでは？　という気持ちも無きにしも非ず。

血気盛んな男子大学生としては、未知の領域ながらも据え膳食わぬは男の恥、という気持ちになってしまうのも仕方がない。

出会ってまだ2日目だし、常日頃の狂気に圧倒されがちだけど、高嶺嬢はよくよく見れば紛うことなき美少女だ。

清楚な服装と滴る返り血に誤魔化されがちだが、スタイルだって中々良いものをお持ちになっている。

しかし、彼女の祖父を含めた政府関係者が一堂に注目する中、盛る勇気が俺にはない。

きっとほとんどの日本人はそんな勇気なんて持ち合わせていないだろう。

俺にはただ、無言で愚図るお嬢様を背中から引き剥がすことしかできなかった。

第十二話　青年とお嬢様、物の価値を知る

「ぐーんーまーちゃーん、あーさーでーすーよー！」

代理戦争に巻き込まれて3日目の朝、俺は昨日と同じく美少女の呼び声で目が覚めた。

「おはよう、高嶺嬢。今日も素敵な朝だな」

昨日の出来事もあり、急いで着替えて扉を開ける。

「おっ、昨日よりも速いですねー」

高嶺嬢は、感心感心、と朗らかに笑っていた。

その表情から無理をしているようには感じられない。

昨日の夜、ダンジョンから戻るなり、俺の背中からずっと離れなかった少女の姿は、期間限定だったようだ

「朝ごはん、出来てますよ！」

ニコリと笑う高嶺嬢につられて、思わず俺も苦笑いしてしまった。

やっぱつぇぇよ、君は。


程良く焼き目がついたアジの開き、一切の乱れなく均一に巻かれた出し巻き卵、種々の野菜が混ぜ込まれた五目きんぴら、豆腐とワカメのお味噌汁は湯気が立ち、炊き立てのご飯は米粒の一粒一粒がキラキラと輝いている。

一汁三菜、日本の伝統を守りつつも栄養と彩《いろど》りが考えられた、完璧な朝食だ。

「ぐんまちゃん！　どうぞ、温かいうちに召し上がってください！」

「いただきます」

食べた感想は、美味しい、の一言に尽きた。

アジの開きは油を閉じ込めつつふっくらと焼き上がり、出し巻き卵は出汁の風味が丁度良く纏まっている。

五目きんぴらは丁寧に灰汁《あく》抜きされたのか、やや薄目な味付けながらも風味が口内に広がっていく。

白味噌で作られた味噌汁はしっかりと出汁が取られているし、ご飯は炊飯器が無いのにもかかわらず、米粒がふっくらと炊きあがっている。

昨日の夕食で用意されていた戦闘糧食のメインどころを食べ尽くしてしまったので、今朝は乾パンかと思っていたが、これは嬉しい誤算だ。


「ごちそうさまでした」

「お粗末さまです！」

様式、見た目、栄養、味、全てにおいて完璧な朝食を作り上げた高嶺嬢は、綺麗に無くなっている俺の皿を見て、嬉しそうに微笑んでいた。

うん、この子、女子力高いね
「そういえば、今日は朝から道具屋とかに行くんでしたね？」

食後に緑茶で一服していると、高嶺嬢が不意に今日の予定を聞いてきた。

未だ血に濡れていない彼女の姿は可憐の一言に尽きる
「ああ、資金もある程度は貯まってきたし、今更ではあるが、色々と装備を整えておきたい」

今の高嶺嬢の格好は、フリルの付いた白い長袖ブラウスに濃紺の膝丈スカート、黒ストッキングというＴＨＥお嬢様スタイルだ。

ワンポイントで襟元にまかれた桜色の細いリボンが、彼女の清楚さを際立たせている。

着替えが無いために初日から変わらないその服装に、特典のマントを羽織ると彼女の戦闘装束になる。

今までは彼女の圧倒的な戦闘力と全身ゴアモードで気にしていなかったが、まともに考えるとあまりにも軽装過ぎる。

上下迷彩服でヘルメットと装甲服を追加装備し、暗視装置や短機関銃で武装する俺とは大違いだ。

どうせ血塗れになるのだから、この際オシャレなどガン無視で、全身装甲服で良いんじゃないか。

それに万が一ダンジョン内で怪我をした場合、日本から支給された薬品では、即座に効力が出るのなんてモルヒネぐらいしかない。

次元統括管理機構とやらが管理している道具屋ならば、ゲームで定番のポーションとか傷薬的なものがあるのではないか。

今の所持金は各種ミッションと魔石の売却分を足して概ね120万円ほど。

中古の普通車なら購入できる程度には貯まってきている。

購買関連はずっと放置していたので、どの程度の価格設定なのかは分からないが、それなりの物は買えるはずだ。


食後の休憩を終えた後、俺達が最初に訪れたのは道具屋だった。

武器や防具を使う戦闘に関しては現状、高嶺嬢の虐殺劇場と化しているので、まずは万が一に備えた保険を必要としたからだ。

カウンターに置いてあるパソコンで検索すると、お目当ての品は簡単に見つかった。

しかし……

「うわっ……俺の所持金、なさすぎ……？」

「ありゃりゃ、良いお値段してますねぇ」

『下位ポーション：損傷部位に振りかけると、ＨＰ20回復分の修復を行う
１０００万円
中位ポーション：損傷部位に振りかけると、ＨＰ１００回復分の修復を行う
１億円』

正直、手が出なかった。

一瞬、桁を間違えたのかとも思ったが、何度見ても１０００万と1億の数字に変わりは無かった。

それなりの物は買えるはず？

誰だよ、そんな戯言《ざれごと》ほざいた奴は？

俺でした！

まあ、そりゃあそうだよね。

現代科学を超越した医薬品なんて、お値段もべら棒なものになってしまうのも仕方がない。

現代でも難病の特効薬だと一瓶あたり数千万円クラスのものはザラにある。

１２０万なんて大学生だと然う然う見る金額じゃないからさ、俺、夢見ちゃってましたよ……

俺達はそそくさと道具屋を後にし、武器屋へ移動する。

できれば高嶺嬢に刀以外の武器を買ってあげたかった。

「やっぱりサブウエポンとか欲しいよね！」

「私は無くても気にしませんよ、ぐんまちゃん！」

『覇王の大剣：第１１２６２世界の半分を支配した王の愛剣
64億円
精霊王の黄金盾：第７８３６世界を守護する精霊王の盾
80億円
Ｆ－３艦上支援戦闘機：第１１８世界で最初の第六世代戦闘機
１８０億円』

あれれー、可笑しいぞー、普通の武器が無いなー？

もっとこう、普通の剣とかさ、槍とかさ、何か無いの？

別に覇王やら精霊王やら求めてないんだよね！

その辺の係長あたりが使ってる奴で良いんですけど！
最も安い武器は『10式戦車：5億3000万円』だった。
おそらくラスボス戦まで、この武器屋に来ることは無いだろう。

最後の希望をかけて、俺達は防具屋に辿り着く。
端末に表示された120万という数字が、やけに頼りなく感じる。
クソッ、なんだこのはした金はっ⁉
頼む、庶民に優しい世界であってくれ！
「今度こそは、今度こそは……‼」
「ぐんまちゃん、無理しないで良いんですよ？」
『戦乙女の聖銀鎧：あらゆる邪なものを寄せつけない
6800万円
32式普通科装甲服3型：500m先から撃たれた12・7㎜弾を防ぐ
18万円』

あれ、なんか安く感じるぞ？

でも買えない。

32式普通科装甲服は買えるけど、既に4着も持っている。

「お金が無いって辛いですねー」

高嶺嬢の寂しそうな声が、俺の心を締め付けた。

どうやら祖国からの本格的な財政支援が必要なようだ。

「甲斐性なしでごめんよ……」

「大丈夫ですよ、ぐんまちゃん。私がバンバン敵をやっつけて、ガンガンお金稼いじゃいますから！　さあ、さっそくダンジョンへ行きましょう！」

これがヒモの気持ちなのか……！

第十三話　外国人

『ミッション【資源を、とにかく資源を！】
資源チップを納品しましょう
鉄鉱石：50枚　家畜：50枚　エネルギー：50枚　希少鉱石：50枚
非鉄鉱石：50枚　飼料：50枚　植物資源：50枚　貴金属鉱石：50枚

報酬：ＬＪ－２０３大型旅客機　１機
依頼主：日本国内閣官房長官　吉田茂治
コメント：報酬を売却してください』

ギルドにて、本日のミッション内容を見て、俺は悟った。

日本政府は本気だ。

ＬＪ－２０３大型旅客機、２０３８年に日本の航空技術を結集して開発された、世界最大の超大型旅客機。

そのお値段、２１２億円。

現状で貰っても、何の活用法も見出せない、ただの粗大ごみだ。

それが今、最新鋭戦闘機１機分の換金アイテムに変身した。

「高嶺嬢、今日は魔物を狩り尽くすぞ！」

「おー！」

この時の俺は、金に目が眩みつつも、きっと壮絶な顔をしていたことだろう。

魔物１体で魔石が１つ、魔石が１つでチップが１枚。

４００体の魔物狩りが、今、始まった。

「あれ、誰かいるみたいですね？」

今日は夜まで帰らない覚悟でダンジョンに足を踏み入れると、高嶺嬢が先客の存在に気付いた。

様々な国の国旗を掲げたドアの存在から、俺達以外にも探索者はいるのだろうと思ってはいたけど、どうやらようやく他国の人間に出会えるようだ。

高嶺嬢の視線の先を追ってみれば、二人の人影が見える。

白い肌に金髪碧眼の男女、一目で欧米系の外国人だと分かり易いＴＨＥ外国人だ。

あちらもダンジョンに入ってきた俺達に気付いたようで、大きく両手を振りながら歩み寄ってきた。

武器を構えていない、敵対意思はないという意思表示だ。

こちらも同じように両手を振りながら近づく。

彼らの着ている迷彩服には、青地にやや左側に偏った黄色い十字線の国旗が描かれている。

スウェーデン人か。

敵国の人間でないことにホッとしつつ、同時に気付く。

スウェーデン語、話せないや。

「Ｈｅｊ《ヘェィ》！」

と思ったら、高嶺嬢が率先して挨拶してくれた。

予想外な知能２の教養に驚くが、そう言えば彼女は総理の御令孫だったな。

「コンニチハー」

あちらも俺達が入ってきたドアの上にある国旗パネルで日本人だと分かったのだろう。

片言ながら、日本語で挨拶をしてくれる。

もちろん、お互い挨拶以外は分からなかったのだが。

以後の会話は自然と英語での会話となった。

「初めまして、俺の名前はアルフ、彼女はシーラ。君達、日本人でしょう？　マイコ、フジヤマ、サムライ、ニンジャ、俺、日本の大ファンなんだ！　ワオ！　彼女の持っているのは、カタナだろ!?　メッチャカッコいいじゃん!!」

「フフ、アルフがごめんなさいね。私は日本に家族旅行で5回くらい行ったことがあるわ。とっても素敵な所よね」

スウェーデン人の二人は、典型的な日本かぶれだった。

西暦２０４５年、年間外国人観光客数が８０００万の大台を軽々と突破している観光大国日本は、世界中にこうした日本かぶれを大量生産している。

特にアニメ、マンガ、ゲームといったサブカルチャーと共に日本文化にどっぷり嵌った連中は、他国の政府閣僚が文化汚染とまで公言するほどの日本かぶれっぷりを発揮する。

「初めまして、俺はトモメ・コウズケ、彼女はハナ・タカミネ。お二人が日本に友好的で何よりだ。今日は初めてのダンジョン探索かい？」

俺の言葉に、二人は面喰った様子だ。

「ダンジョン？　ここってもしかして、ゲームやアニメに出てくるダンジョンなのかい!?

ワオ、とんでもないことに巻き込まれている気がするね！」

「私、なんだか怖くなってきたわ……トモメ、あなた達はこの状況に詳しいのかしら？」

どうやら二人は状況を把握できてなかったので、簡単に説明してやる。

ここでしょうもない情報工作をしても意味はない。

ダンジョンで代理戦争してジェノサイドなのさ！

「ワァオォ……それは穏やかじゃないね。それに祖国が外部と断絶だって？　家族が心配になってきたよ……」

「そんな、嫌よ、私、死にたくないわ。

戦うのなんて嫌っ。

ゴブリン？　オーク？　そんなのに勝てる訳ないじゃない⁉」

俺の話を聞いた二人は、それまでのテンションが嘘のように消沈している。

女性であるシーラに至っては、戦闘すら拒否してしまっている。

彼女の大きな碧眼にはうっすらと涙が浮かんでいた。

きっと彼らの反応こそ、平和を謳歌してきた先進国民としては正しいのだろう。

それを証明するかのように、彼らの武装は初期装備っぽいサバイバルナイフだけのようだ。

自殺志願かな？

せめて銃くらい持とうぜ。

俺達と出会わなければ、今頃樽に詰められていたことだろう。

悲しいことに、それが現実だ。

「とりあえず、今日のところは体験がてら俺達について来るか？」

「良いのかい、トモメ？　ぜひお願いするよ」

「フフ、やっぱり日本人って親切なのね。素敵だわ」

流石に親日家を死なせるのは心苦しいので、ダンジョン探索のレクチャーも兼ねて、同行を誘うと、彼らは一も二もなくその提案に飛びついてきた。

正直なところ、彼らは全く戦力にならないだろうが、俺自身、彼らに毛が生えた程度の戦闘能力だ。

俺と同じ立ち位置に置いておけば、今まで通り問題ないだろう。

なにせ俺達の戦力は、絶対無敵高嶺嬢と強力なロボットが2体いるのだから。

今後の友好関係も考えて、俺は気軽に誘ったのだ。

こうして、憐れなスウェーデン人二人にとって、一生忘れられない思い出《トラウマ》が始まった。

「そうと決まれば、リードしていただけるかしら、ミスター？」

シーラはそう言ってニコリとほほ笑んだ。

少し演技ぶってはいるけれど、上品な振舞だ。

スウェーデンからだと距離もあって高額にならざるを得ない日本旅行に家族で5回も行っているようだし高嶺嬢もそうだけれど、彼女も良い所の出なのかもしれないな。

第十四話　地獄とトラウマ

そこは、地獄だった。

『グオオオォォォォォォォ!!』

猛々しい喊声《かんせい》と共に、猛然と突撃するオーガとオークの混成部隊。
彼らの背後からは、フレイムウルフに跨《また》がったゴブリン騎兵隊が、機動力を活かし敵の横面を殴りつけようと、一糸乱れず円を描くように回り込む。

『ピョォォォォォォォォォ』

上空からは、ハーピー、ガーゴイル、大蝙蝠の連合航空部隊が、傾角90度の急降下突撃を繰り出してくる。
そして彼ら、魔物連合軍の背後には、翼を持たない竜、レッサードラゴンに乗るコボルト親衛隊に守られた巨大な狼男が、自身が力を振るえる時を静かに待っていた。

そんな軍勢に立ち向かうのは、たった一人の乙女。

純白だった外套に身を包み、その手には一本の刀だけが握られている。

「ヘイヘーイ、今宵の私は血に飢えてますよー！」

その身を朱に染めながらも、敵に一歩たりとも退かぬ意思を口に出す。

彼女を中心に周囲一帯は真紅に染め上がり、まるで彼女が創り出した聖域であるかのように周囲の敵を威圧する。

ちなみに今は昼前だ。

「さー、虐殺の時間です。皆殺ししてあげますよー！」

自身を奮い立たせ、少女はたった一人で敵の軍勢に駆け出して行った。

彼女が創り出す真紅の聖域は拡大の一途を辿っている。


「オロロロロロロロ」

「オロロロロロロロ」

アルフとシーラのスウェーデンコンビは、盛大に吐き散らかした。

「よーしよし、よーしよし」

俺は彼らの背中を摩ってやるが、容体は悪化の一途を辿っている。

本来ならば、新鮮なもんじゃ焼きの悪臭で、強制的に俺ももんじゃ焼き作りに参加しているところだが、幸いなことに今は悪臭なんて気にならない。

俺達の周囲は、もんじゃ焼きの悪臭を容易にかき消すほどの濃密な血と臓物の臭いが充満していた。

血の臭いは鉄臭いだけなのだが、そこに臓物が加わるだけで途轍もなく冒涜的な悪臭と化す。

臭いだけではない、エースでコンバットな戦闘機が空中戦をできるくらい巨大な空洞には、その地面が見えないほどの死体が転がっている。

死屍累々とは正にこのことかと言わんばかりの絵面だ。

空洞内の遠くの方では、高嶺嬢が夥しい量の追加の死体を量産していた。

どうやったのかは分からないが、頭を失ったドラゴンの巨体が宙を飛んでいる。

翼が無く飛べないレッサードラゴンが、死んでからようやく空を飛べた感動の瞬間だ。

「二人とも見てみなよ、ドラゴンが空を飛んでいる」

俺の言葉に釣られて、もはやもんじゃ焼きを作ろうにも材料が尽きていた二人は顔を上げる。

二人とも顔から生気が感じ取れない。

シーラに至っては最初の上品な印象を、顔にあるあらゆる穴から垂れ流しとなっている液体が見事に打ち消していた。

運が良いのか悪いのか、ちょうどその時、戦闘中である高嶺嬢の方から何かが飛んできた。

「グチャッ！」

ソレは勢い良く落ちたが、下に敷き詰められていた肉布団が衝撃を吸収してくれたお蔭で原形は留めている。

代わりに盛大に飛び散った血と臓物が俺達3人を襲う。

落下してきたモノ、巨大な狼男の生首は、恐怖に支配されたかのように目が見開かれたままだった。

やたら大物感を醸し出していた巨大狼人間も、高嶺嬢の前では噛ませ犬にすらなれなかったようだ。

「オロ、オロロロロロロロ」

「イヤ、もうイヤァァァァ」

服はおろか、露出していた顔面まで肉片とか諸々に塗れてしまった俺達3人組。

それだけでも目を覆いたくなる惨状だというのに、生首と目が合ったのか、アルフはもんじゃ焼き作りを再開し、シーラは涙と鼻水を垂れ流して悲鳴をあげながら俺に縋り付いてきた。

「よーしよしよし、よーしよしよし」

「嫌よぉ、もう嫌なのぉぉ」

少しでも彼らが楽になれるよう、俺は彼らを摩りまくるしかしてやれることが無かった。

しかし、アルフはもんじゃ焼き量産装置と化し、シーラに至っては赤子のように泣きじゃくるばかりだ。

大丈夫かな、この二人？

「ふー、流石に1000体斬りは疲れますねー」

魔物軍団の殲滅を見事にやってのけた高嶺嬢は、手頃な椅子、巨大狼男の生首に腰を下ろす。

その絵面は見る者全てに恐怖と悍ましさを齎す狂気的怪物というほかない。

しかし流石の彼女も、完全に軍隊として統率された魔物の相手はお疲れの様子だ。

彼女は端的に言って最強だが、無限に戦い続けられる訳ではない。

今後、より大規模な戦いでは彼女の継戦能力について注意する必要があるだろう。

そんなことを考えていると、疲れて頭を垂れる彼女の視線が、いつもの如く腸が飛び出ているオークの死体に止まる。

「ぐんまちゃん、今日の御夕飯はモツ煮込みにしましょうか？」

「えっ」

なにを思ったのか、高嶺嬢が夕食の献立の話を振ってきた。

彼女の視線は、零れ落ちたオークの腸に止まったままだ。

モツ煮込みは嫌いではないが、材料次第では流石の俺ももんじゃ焼き作り不可避だろう。

「魔物のモツじゃなければ、何でも良いよ」

「ふふ、なんですかぁ、その冗談！」

俺の発言を冗談と受け取ったのか、高嶺嬢が可笑しそうに笑う。

しかし彼女を見つめる俺の目は、間違いなく本気の色を浮かべていることだろう。

思いの外ツボに嵌ったのか、口に手を当ててクスクス笑い続ける高嶺嬢から目を逸らし、膝を抱えて蹲《うずくま》っているアルフと、俺の背中に抱き縋っているシーラに目を向ける。

明るく社交的な好青年だったアルフは、太陽の下に放り投げられた引きニートのように自分の殻に閉じ籠《こも》ってしまった。

一方、日本に渡航経験が5回もあるアクティブな日本かぶれだったシーラは、俺の背中にすっかり依存してしまって、背中に引っ付いて離れない。

まるで昨晩の高嶺嬢だ。

「やれやれ、軟弱な西洋人には困ったものですねー」

高嶺嬢の言葉に流石の俺も苦笑い。

君も昨晩は同じことしてたじゃん、という言葉は胸にしまっておく。

きっと大抵の人間は、彼らと同じ反応をするよ。

君とまともな人間を一緒にしてはいけないいな。

「さて、休憩もしましたし、ダンジョン探索を続けましょー」

「………えっ」

どうやら高嶺嬢は、こんな状態の彼らをさらなる地獄に突き落とすようだ。

彼女に慣れてきた俺もドン引きの、あまりに鬼畜な所業だった。

それ以上に、ずっと見ていただけとはいえ、もうダンジョンに潜って半日は経っているし疲れてきちゃったんだけど。

意外と立ちっぱなしって同じ時間を歩いているよりも疲れるよね。

背中のシーラも無言ながら、俺の服を引っ張って抗議の声を上げている。

「なんだか気分も上がってきました。この際、ボス部屋まで突撃しましょー！」

「……っ！

……っっ!!

……っっっ！！！」

高嶺嬢の意気込みにシーラが猛抗議している。

もう声出しちゃいなよ。

俺にとっても、地獄が始まった。

第十五話　初めてのボス戦

目の前に聳《そび》え立つ見上げるほど大きな黒鋼の扉。

第1階層を制覇すべく、ダンジョンの最奥部を目指していた俺達の目の前に、その扉が立ち塞がっていた。

無人機の偵察結果を見ても、この扉以外の区画は全て探索されている。

ただこの扉だけが、何者の侵入も許さずに鎮座していた。

ダウンしているスウェーデンコンビ以外の全員で押しても、扉はビクともせずに道を閉ざしたままだ。

俺はともかく、高嶺嬢が押しても動かないなんて、中々根性の据わった扉である。

これがゲームやアニメなら、何らかの仕掛けがあるだろうが、悲しいことに現実ではそんなものは無い。

もしあるにしても、俺達探索者側が使用できるものではないのだろう。

「これは流石に力尽くではどうにもならないな」

言外に疲れたからもう帰りたい意思を込めて、高嶺嬢に視線を向ける。

道中で手に入れた大量の魔石は、呼び寄せた無人機に回収させたお蔭で、荷物こそ少ないものの、度重なる戦闘は確実に俺の体力を削っていた。

しかし、俺の心の声が届いていないのか、本日の討伐数1000オーバーの高嶺嬢は、じっと扉を見つめていた。

いや、彼女が見ているモノは巨大なだけの扉ではない、その奥に潜むナニカをずっと見つめている。

「――――みぃつけたぁ」

背筋が凍るような声が聞こえた。

本能レベルで恐怖を感じる愉悦が込められたその声は、驚いたことに高嶺嬢が発したものではなかった。

「みつけた、みつけたみつけたみつけたミツケタミツケタミツケタミツケタミツケタ」

延々と繰り返される声は、扉の向こうから聞こえてくる。

状況から考えて、この声の主は人の言葉、というか日本語を話すモンスターだ。

だって、索敵マップに赤い光点が表示されてるしな。

何故ピンポイントに日本語を話せるのかは謎だが、大方、高嶺嬢が盛大に虐殺している影響だろう……流石にそんな訳はないか。

考察を深めたいテーマではあるけれど、流石に今はそんな暢気なことは言ってられない。

恐らくこのモンスターは馬鹿みたいに強いはずだ。

むしろ、ここまで雰囲気を煽って弱かったら詐欺だと思う。

高嶺嬢に開幕首チョンパされる可能性もなくは無い、いや、5割くらい有り得そうだが……

いや、きっと強い、俺はそう信じてる！

「かえろっか」

とりあえず日本政府後援の重課金プレイで、チート装備を購入した後にまた来よう。

戦車があるのにわざわざ生身で戦う必要なんてないのさ。

「ニィガァサァナァイィィィィ」

そう思っていた瞬間が、俺にはありました。

ガッ

ガッ

ガッ

ガッ…………

押しても引いても微動だにしなかった重厚な扉が、何かを叩きつける音と共に、ベコベコに歪みだした。

「はわぁ」

思わず小さく可愛い声が漏れる。

声の主は高嶺嬢でもシーラでもない。

俺だ。

スウェーデンコンビは、そそくさと被害の及ばない隅の方に避難している。

何だかんだで、彼らも逞しくなったものだ。

こちらに向かってフリフリ手を振っているシーラを見てしみじみとそう思う。

俺も高嶺嬢とロボットを連れて、扉から距離を取った。

扉の歪み具合を見た感じ、俺達がダンジョンの最奥部付近から入り口部分に戻る前に、この扉は破られるだろう。

その後に敵が俺達に追いつけるかは分からないが、今後のダンジョン探索でコイツと不意にエンカウントするなんてゾッとする。

拠点部の広間から一歩出た途端にコイツとランデブーなんてトラウマも良いところだ。

戦闘の要、というよりもほとんど全てと言っても良い高嶺嬢は、刀を持った右手をダラリと垂らし、無形の構えで戦いが始まる時を悠然と待ち構えている。

全身ゴアモードですらなければ、美術館に飾られる絵画のように感じられただろう。

残念ながら今の姿では、飾られるのは『世界のサイコキラー展』くらいなものだ。

不意に、高嶺嬢の口角が、獰猛《どうもう》に吊り上った。

同時に、限界を超えた扉が、衝撃音と共に倒れる。

腹に響く轟音が風圧と共に俺達を威圧する。

漂う土煙の向こうから現れたのは、腕が異様に肥大化した巨大なオーク。

お台場で見たガンニョムより背丈は少しだけ小柄だが、横幅は筋肉と腕のせいで倍以上に見える。

巨大オークは半ばから折れた大牙の生えた口から涎を垂れ流しながら、白一色の瞳をこちらに向けていた。

やっぱり逃げた方が良かったかなぁ……？

「初めまして、そして、さよーなら！」

『ブヒィィィィ、ニガサナァァァイイイィィィィィィィ』

高嶺嬢と巨大オーク、両者は言葉と同時に、駆け出していた。


『プギィィィ』


お互いの距離は一息で零となる。

最初の激突は、巨大な拳と朱い大太刀。

激突は一瞬、高嶺嬢は強大な力を太刀で受け流しつつも、懐に入ってデップリと肥えた贅肉を斬り捌《さば》く。

血しぶきと脂肪が堰《せき》を切ったかのように噴き出した。


『ニガサナイィィィィィィ』

自身の腹が切り裂かれるのにも構わず、オークは長大な腕を伸ばして彼女に掴みかかる。

しかし迫りくる手を躱した高嶺嬢は、オークの首を一瞬で斬り飛ばした。

白い瞳の生首が血と涎を散らしながら宙を舞う。

瞬殺とは流石にいかなかったが、呆気なく勝ってしまった。

いやあ、あのオークは強敵でしたね！


「――くっ」

戦闘に勝利したはずの高嶺嬢が一気に跳び退る。

次の瞬間、彼女が先ほどまでいた場所に、オークの拳が叩きつけられた。

衝撃で割れたダンジョンの地面が、その威力を物語っている。

『ブヒィィ！！！』

地面に転がる生首が雄叫びを上げる。

まさかあんな状態になっても生きているなんて……とんだ化物だ。

『ニガサナァァアッッブボォッッ――』

「ヘイヘーイ、ずいぶん愉快なサプライズじゃないですかー」

叫び続けていた巨大オークの生首に、正面から高嶺嬢のあんよが襲う。

あんよから放たれたヤクザキックによって半ばから折れていた巨大な牙はバキバキに粉砕され、

成人男性を丸呑みにできそうなほどの巨大な頭部は壁に向かって弾丸シュートされていった。

壁に叩きつけられたオークの頭蓋は見るからに変形しており、最早その役割を果たせそうにない。

しかし頭を失った巨体は、依然として戦闘力を保っていた。

「達磨にしてあげますねー！」


そこからはただの屠畜《とちく》場での解体作業だった。

易々と首チョンパかました高嶺嬢にとって、ちょっと硬くて大きいだけの四肢を斬り飛ばすなど、造作もない事だ。

いや、かえって無駄に大きくて硬い四肢を持ったことは、オークにとって悲劇でしかなかった。

目の前に転がるのは、もはや達磨ですらなくなったただの肉塊。

四肢を斬り落とすのに苦戦した高嶺嬢によって、全身のあらゆる肉が削ぎ落とされ、大部分の臓物が切り刻まれていた。

確か中国や朝鮮で行われた凌遅刑《りょうちけい》ってこんな感じだったっけ……

そのような有様になっても、未だに脈動する無事な器官が、敵の異常な生命力を証明している。

しかし、どれほど強靭な生命力を持とうと、四肢の無いただの肉塊が、埋め込まれた魔石をナイフで抉り取ろうとしているロボット達を止める術はない。

肉を削ぐのに飽きた高嶺嬢は、俺と一緒に水分補給をしながらその光景を眺めている。

「今夜の御夕飯、もつ煮込みも良いですけど、生ハムも前菜としては良いかもしれませんね」

「……ははっ」

高嶺嬢は戦闘後に献立を考えるのが趣味なのだろうか？

ナニからインスピレーションを得ているのかは、敢えて問うことはしないけど。

「でも、もつ煮込みと生ハムは少しアンバランスですか……ぐんまちゃんは何かご希望、ありますか？」

「えぇ……うーん、俺はサッパリ系の和食が食べたいかなぁ」

今日のダンジョンはちょっと臭いがキツすぎて、こってり系は遠慮したいところだ。

もつ煮込みと生ハムをやんわりと否定しておく。

「サッパリ系の和食ですね！　分かりました。私、色々考えておきます！」

「お手柔らかにお願いね……」

高嶺嬢はウィンクしながら、私に任せてください、と可愛らしく力こぶを作ってみせた。

この細腕で魔物の頭蓋を握り潰しているのかと思うと、物事を見た目で判断する危険性を再確認できる。

「おっ、採れたみたいですよー」

高嶺嬢の声に釣られてみれば、美少年の手に大きな魔石が抱えられていた。

肉塊はただの死骸となった。

「トモメ、戦いは終わったかい？　俺もうお腹が空いちゃったよ」

「トモメ、私もうシャワーを浴びたいわ」

スウェーデンコンビはいつの間にか復活を遂げていた。

その手には俺が分けてあげたスポーツ飲料がちゃっかり空になって握られている。

魔物も倒したし、親日国家に対する案内役も全うできた。

良かった、いやあ、本当に良かったよ。

第十六話　階層開放

第1層最奥部にて巨大オークを倒すことができた俺達は、疲れた体に鞭打って巨大オークが元々いた部屋を確認することにした。

詰めを甘くしてしょうもない事態になることは避けたいし、何より扉の先がどうなっているのか興味が有ったのだ。

巨大オークによって破壊された扉の先に広がっていた空間は、あのオークの雰囲気とは似ても似つかない、清冽な空気に支配された神殿のようだった。

剥き出しのデコボコした岩盤で構成されている洞窟とは異なり、人工的に切り出された白い石で造られた平坦な壁が部屋を囲んでいる。

その壁をよく見ると、表面に細い溝が幾本も彫られており、何らかの模様を成しているのが分かった。

空間の中心は儀式に使う祭壇のように数段高くなっており、その床面には巨大な円形の模様が浮かび上がっていた。

端的に言えば、漫画とかでよく見る魔法陣みたいだ。

もしかしたら、魔物達にとってこの空間は神殿的な位置づけであり、魔法陣らしき模様は象徴的な紋章なのかもしれない。

それとも、壁に彫られた溝や魔法陣らしき模様、中心部の祭壇モドキも含めて、何らかの機能を発揮するための意味があるのだろうか。

考察は深まるばかりだが、現状では思考材料が少な過ぎて一つ一つの細かい意味にまで理解が及ばない。

しかし、洞窟内を全て探索しても、どこかしらの外部に繋がっておらず、大量の魔物が連日供給されていたことを考えると、召喚術的な役割の魔法陣のようだと推察できる。

でなければ、今日高嶺嬢が屠《ほふ》った1000体を軽く超える魔物達は、昨日まで探索されていなかった洞窟全体の1割程度の区画に押し込められていた事になる。

それは流石に無理のある設定だ。

そもそも、あれほど統率され、戦術を実行できる集団ならば、初日か2日目の段階で、どこかに陣地を築いて迎撃を行っているはずだ。

しかも、奴らの補給拠点にあった木で作られた樽。

洞窟が外部と繋がっていないのならば、あの木はどこから湧き出てきたのか。

少なくともこの洞窟内に木は一本たりとも存在しない。

思い出していけば限《きり》のない数多の状況証拠。

きっと俺達がこの部屋を出て行けば、しばらくして新たな魔物の軍団が現れることだろう。

日を追う毎に魔物達の戦力が強化されていることから、新たな敵はより強力な物になっていると予想できる。

俺は神殿の天井を見上げた。

ドーム状の天井には、通常種とは異なる特徴を持った9体の魔物が円形に配置されて描かれていた。

そして、その中心に描かれている球体。

順当に考えれば、9体の魔物はボスで、中心の球体がこのダンジョンのラスボスだろう。

9体の中に手足が異常に肥大化したオークが交じっているので、そこまで見当外れな考察では無いはずだ。

この部屋を破壊すれば敵の増援を断つことができるのだろうか？

いや、爆薬など持っていない現状では破壊するにも限界があるし、何の機能があるのかも分からない装置を中途半端に損傷させるのは危険すぎる。

何より、それで上手くいってしまい、魔石という資源を断たれるのは、現状の日本にとって国益に沿う行動と言えるのか？

俺は今後の参考までに、タブレットで天井の写真を撮ってから、ダンジョンから出るために高嶺嬢たちへ呼びかけた。

あの後、ダンジョン内を再探索させていた無人機部隊と魔石を回収し、半日以上潜っていたダンジョンからようやく出ることができた。

アルフとシーラのスウェーデンコンビは、精神面は無理やり克服できたようだが、体力面はどうにもならなかったようで、別れの挨拶もそこそこにゾンビの如き動きで自分達の拠点へ帰って行った。

高嶺嬢は全身に塗りたくられた血溜まりスケッチを落とすため、ギルドに魔石を運ぶと真っ先にシャワーを浴びに行っている。

そのため、俺は一人で今日の成果を精算していた。

『資源チップへの変換結果
ゴブリン　　→鉄鉱石　　260
オーク　　　→食料　　　196
コボルト　　→エネルギー　245
大蝙蝠　　　→希少鉱石　117
オーガ　　　→非鉄鉱石　87
ガーゴイル　→飼料　　　110

ハーピー　　　　↓植物資源　　１３３
フレイムウルフ　↓貴金属鉱石　３１９
レッサードラゴン↓汎用資源　　72』

チップ１枚が、該当する資源１万ｔ分に変換されているらしい。

鉱石などの形で供給されるため、１万ｔまるまる活用できる訳ではないが、それでもこれだけの資源が供給されたら、日本の懐事情も少しは改善されるだろう。

俺はミッション分のチップを振り込み、残りのチップは明日のミッションの為にとっておいた。

魔石１個が１万ｔの資源と交換できることが分かった以上、むざむざkg単価１万円で交換なんて馬鹿な真似をするつもりはない。

なにせ、これで時価総額２００億超えの旅客機が手に入ったのだから！

これを売れば半値で売れても１００億だ。

平時であれば一生遊んで暮らせると言っても過言ではない大金だが、武器屋や道具屋で売られている商品の値段を考えると、一瞬で尽きてしまいそうなのが恐ろしい。

国家事業ってお金がかかるものなんですねぇ……

とりあえず、万が一を考えて回復アイテムを購入した後、俺と高嶺嬢の防具を整え、最後に武器屋へ行った方が無難だろう。

二人しかいないのだし、まずは命が優先だ。

チップへ変換できなかった大きめの魔石3つと1つの巨大な魔石を見ながら、俺は金の使い道を考えていた。

大きめの魔石は道中の戦闘で司令官っぽい役割の魔物から、巨大な魔石はボスっぽかった巨大オークから採取したものだ。

ロボット達、美少年と美少女が魔石に固着していた汚物を綺麗に取り除き、本来の質感を取り戻したこれらの魔石は室内照明を受けて妖しく煌いている。

はいはい、どうせ強化アイテムかキーアイテムでしょ。

俺はそれらの魔石の使い道を当てずっぽうで思い浮かべながら、次元統括管理機構のミッション処理へ移る。

『ミッション　【魔界　第1層の開放】　成功
報酬　道具屋　武器屋　防具屋　の　新商品　が　開放　されました』

通常のミッションならこれで終わりなのだが、今回のミッションでは続けて文字が表れる。

『魔界　において　第1層の開放　が達成されたので　第2層　が開放されます
3日間　魔界　に侵攻することはできません
【最初の階層制覇】が達成されました　特典　が　追加　されます

レコード　は　60時間37分51秒　です
【総合評価　S　】を獲得しました　特典　が　追加　されます』

どうやら俺達がいたダンジョンは次の段階に向けた改修工事を行うため、３日間立ち入り禁止になってしまったようだ。

そして、その後の文章を読む限り、俺達が最初にダンジョンの階層を制覇し、それまでにかかった時間は想定された基準と比較して極めて短かったらしい。

本来だと攻略にはどの程度の日数が想定されていたのだろうか。

俺は第１階層制覇までに要した３日間で起こった戦闘を思い出す。

血塗れの高嶺嬢が、刀を片手に魔物を蹂躙している姿しか思い出せない。

うん、そりゃあ想定外だわ。

次元統括管理機構とやらも、まさかこんなイカレ娘が暴れまわるとは思ってもみなかったのだろう。

ご愁傷様！

俺だってあんなのが実在するなんて今でも信じられないよ。

まあ、それは良いとして、高嶺嬢の戦闘能力のお蔭で、規定の条件を達成した俺達は特典を貰えるらしい。

ただ、ミッション画面はこれで打ち止めのようで、ギルドに設置されたディスプレイには何も表示されない。

おそらく最初に貰った特典と同様に、腕についた端末で処理がされるのだろう。

そうあたりをつけた俺は、端末を見ると案の定、端末の画面に『特典』の文字が存在していた。

なんとも使い辛い不親切なシステム設計だ。

『特典　を獲得しました
上野群馬　は　スキルポイント　30　を獲得しました
上野群馬　は　スキル【耐魔力】を獲得しました
上野群馬　は　ステータス　が　向上　しました

特典　を獲得しました　貢献度　に応じた　特典　が　割り振られます
上野群馬　に　42式無人偵察機システム　の　貢献度　が移譲されました
上野群馬　に　美少女　美少年　の　貢献度　が移譲されました
上野群馬　は　スキルポイント　20　を獲得しました
上野群馬　は　新たな従者　を獲得しました』

ずらりと並ぶ特典の一覧に、思わず顔がほころぶ。

どうやら無人機やロボットなど俺の指揮下にいた存在の貢献度は、俺の物になるらしい。

俺の経験値は俺の物、お前らの経験値も俺の物！

素晴らしいジャイアニズムだ。

俺はステータス画面を確認して、特典の結果を見てみる。

『上野群馬　男　20歳
状態　肉体：疲労　精神：疲弊
ＨＰ　９　ＭＰ　20　ＳＰ　３／12
筋力　11　知能　17
耐久　９　精神　16
敏捷　11　魅力　11
幸運　18
スキル
索敵　23
目星　８
聞き耳　18
捜索　15
精神分析　８

鑑定　8
耐魔力　1』

MPとSPが＋3、精神と幸運が＋1か。
スキルは多用していた索敵、聞き耳、捜索を中心に上昇していた。
始めて3日間という時間を考慮すると、えらい急成長だ。
そして新たに得られた従者。
戦力が増えれば、それだけ選択肢も増える。
一気に充実した環境に、俺は内心で高笑いが抑えられなかった。

魔界　第一層　暗黒洞窟サウース・アフリーカ
日本　　　攻略完了

『魔界　は　第二層　が開放されました
魔界　は　武装　が解除されます
魔界　は　民兵　の投入が許可されます』

閑話　掲示板

【経済崩壊】ダンジョン戦争について語るスレ　４階層目【人生終了】

1：　名前：名無しさん　投稿日：2045/05/16（X）XX：XX：XX

突然始まった並行世界とのダンジョン戦争
政府も経済も俺らも大混乱
販売制限されたスーパーやコンビニ
バンジージャンプする東証株価指数
紙切れとなった海外通貨と海外株
切り捨てられた非正規社員
ダンジョン戦争について、広く浅くまったりと語っていきましょう
余裕があるうちにね

前スレ【輸出入断絶】ダンジョン戦争について語るスレ　３階層目【物資欠乏】
http://xxx.xxx.net/bbs/read.cgi/danjon/204505160515/

上野群馬さんに注目しているスレ
【名前からして】上野群馬君を心配するスレ　その1【グンマー民】
http://xxx.xxx.net/bbs/read.cgi/danjon/204505160549/

高嶺総理御令孫の美少女のスレ
【R25】深窓の令嬢を愛でるスレ　12人目【グロ中尉】
http://xxx.xxx.net/bbs/read.cgi/danjon/204505160548/

荒らしはスルーしてね
なんかもうどうにでもなーれ

次スレを立てる人は>>960

2：　名前：名無しさん　投稿日：2045/05/16（X）XX：XX：XX
>>1 乙

3：　名前：名無しさん　投稿日：2045/05/16（X）XX：XX：XX
>>1 乙

12：　名前：名無しさん　投稿日：2045/05/16（X）XX：XX：XX
ダンジョン戦争、遂に始まるな

15：　名前：名無しさん　投稿日：2045/05/16（X）XX：XX：XX
>>12
始まる前に日本が終わりかけてるけどな

17：　名前：名無しさん　投稿日：2045/05/16（X）XX：XX：XX
>>15
それなwww
それな………

20：　名前：名無しさん　投稿日：2045/05/16（X）XX：XX：XX
俺、会見から1時間後に契約解除されたんだけど

21：　名前：名無しさん　投稿日：2045/05/16（X）XX：XX：XX
>>20

ハハ、ざまあ
俺は30分後だから俺の価値だわ

27：　名前：名無しさん　投稿日：2045/05/16（X）XX：XX：XX
>>21
会社側の30分の葛藤がお前の価値ということか
涙拭けよ

29：　名前：名無しさん　投稿日：2045/05/16（X）XX：XX：XX
社員の肩を叩くドン！

39：　名前：名無しさん　投稿日：2045/05/16（X）XX：XX：XX
始まった

42：　名前：名無しさん　投稿日：2045/05/16（X）XX：XX：XX
美少女、即起きやん

45：　名前：名無しさん　投稿日：2045/05/16（X）XX：XX：XX
何の迷いも無く端末を操作して特典を掻っ攫っていきやがった……

49：　名前：名無しさん　投稿日：2045/05/16（X）XX：XX：XX
>>42
即イキと見間違えたわ

61：　名前：名無しさん　投稿日：2045/05/16（X）XX：XX：XX
美少女が出て行った扉の音でグンマーが目覚めたな

77：　名前：名無しさん　投稿日：2045/05/16（X）XX：XX：XX
グンマーが従者を獲得した

これで日本は二人とも特典持ちか

90：　名前：名無しさん　投稿日：2045/05/16（X）XX：XX：XX
>>77
海外勢の事は分からんけど、なかなか幸先が良いんじゃない？

108：　名前：名無しさん　投稿日：2045/05/16（X）XX：XX：XX
圧倒的ではないか、我が軍は

145：　名前：名無しさん　投稿日：2045/05/16（X）XX：XX：XX
>>108
いや、グロすぎでしょアレ
全国民が見てるんですけど……

183：　名前：名無しさん　投稿日：2045/05/16（X）XX：XX：XX
>>145
特典を貰う以外で端末を一切気にしてないし是非もないよネ！

236：　名前：名無しさん　投稿日：2045/05/16（X）XX：XX：XX
グンマーびびりすぎやろー

322：　名前：名無しさん　投稿日：2045/05/16（X）XX：XX：XX
美少女ヤバすぎない？

350：　名前：名無しさん　投稿日：2045/05/16（X）XX：XX：XX
>>322
もはや虐殺
子供になんて絶対見せられないよ

391：　名前：名無しさん　投稿日：2045/05/16（X）XX：XX：XX
>>350
上空に映し出されて日本全国どこでも視聴し放題だけどね

415：　名前：名無しさん　投稿日：2045/05/16（X）XX：XX：XX
>>391
あなたの家庭にゴアをお届け

503：　名前：名無しさん　投稿日：2045/05/16（X）XX：XX：XX
あっ、これ二人が出会っちゃうわ

523：　名前：名無しさん　投稿日：2045/05/16（X）XX：XX：XX
>>503
果たしてビビリでヘタレなグンマーの精神が耐えられるのだろうか

544：　名前：名無しさん　投稿日：2045/05/16（X）XX：XX：XX
>>523
初対面SANチェック待ったなしだからな

578：　名前：名無しさん　投稿日：2045/05/16（X）XX：XX：XX
こりゃトラウマだわ

582：　名前：名無しさん　投稿日：2045/05/16（X）XX：XX：XX
>>578
グンマー一瞬固まったけどケロッとしてるな

599：　名前：名無しさん　投稿日：2045/05/16（X）XX：XX：XX
>>582
意外と精神タフだった？

775：　名前：名無しさん　投稿日：2045/05/16（X）XX：XX：XX
　めっちゃ大量に飛び回っとるやん

796：　名前：名無しさん　投稿日：2045/05/16（X）XX：XX：XX
　グンマー使えねぇ
　その手に持ってる銃はただの飾りか？

811：　名前：名無しさん　投稿日：2045/05/16（X）XX：XX：XX
　>>796
　撃った瞬間、見つかって殺されそうだけどな
　あのゴアゴア少女を基準に考えてはいけない

897：　名前：名無しさん　投稿日：2045/05/16（X）XX：XX：XX
　なんか大物おるやんけ

923：　名前：名無しさん　投稿日：2045/05/16（X）XX：XX：XX
　ぶっぱなしそうですね、これは

932：　名前：名無しさん　投稿日：2045/05/16（X）XX：XX：XX
　Nice　Kill

944：　名前：名無しさん　投稿日：2045/05/16（X）XX：XX：XX
　ちょろいもんだぜ
　そのキレイな顔をフッ飛ばしてやる!!

976：　名前：名無しさん　投稿日：2045/05/16（X）XX：XX：XX
　>>944
　やめたげなよぉ

1000：　名前：名無しさん　投稿日：2045/05/16（X）XX：XX：XX

>>1000 ならグンマーが狂戦士化

第十七話　新たなダンジョン

ダンジョン『魔界』の第1層を制覇した昨日は、ギルドで報酬を貰った後、夕食を食べてからパパッと買い物した。

ちなみに昨日の夕食は豆腐料理だった。

生麩田楽や揚げ豆腐、湯葉作りなど様々な豆腐料理が食卓に並んだ。

高嶺嬢は京都出身だったらしいので、本場の豆腐料理だったわけだ。

味は勿論、料亭並みだったよ。

そんな夕食後に購入した商品は各種回復アイテムと二人の防具、高嶺嬢のサブウエポンだ。

そして特典と新たな装備で超強化された高嶺嬢・改の性能がこれだ。

『高嶺華　女　20歳
状態　肉体：健康　精神：正常
ＨＰ　24　ＭＰ　2　ＳＰ　24
筋力　24　知能　2
耐久　24　精神　24

敏捷　28　魅力　19
幸運　4
スキル
直感　35
貴人の肉体　50
貴人の一撃　25
貴人の戦意　30
我が剣を貴方に捧げる　1
装備
戦乙女の聖銀鎧
戦乙女の手甲
戦乙女の脚甲』

人外。

元から同じ人間とは思っていなかったが、高嶺嬢・改はまさに人間兵器という言葉がふさわしいものになっている。

生物の限界を超越していると言っても過言ではない。

なにせ強化前でも物理法則に疑問を覚えるレベルで無双していたのだし。

特典は貢献度に応じたものになっているので、薄々感づいてはいたが、高嶺嬢はスキルポイントを合計100ほど獲得していた。

肉体性能に至っては、敏捷＋4、筋力では＋6という超進化ぶり。

そして何故か＋1上昇している魅力。

最も気になるのは、新スキルの『我が剣を貴方に捧げる』だ。

これはあれか？

俺への義理立てみたいなものだろうか。

まあ、戦力が大幅に向上したのは間違いない。

高嶺嬢以外にも、新しく従者のロボットの『美少女』と『美少年』が1体ずつ加入し、これで従者のロボットは4体となった。

元々いた従者のロボットも同じ『美少年』と『美少女』でややこしいから、これ以降も増えるだろうし『美少年1号』『美少女1号』といった感じに番号で区別することにしよう。

無人機に至っては20機も保有している。

高嶺嬢は別格としても、それなり以上に戦える戦力と言えるだろう。

だからこそ、俺は新たな一歩を踏み出すことにした。

「高嶺嬢、今日は他のダンジョンに行ってみないか？」

朝食の席、高嶺嬢が作った完璧な日本式朝食を食べながら、さりげ無く提案をしてみる。

「いいですよー」

高嶺嬢は悩む素振りも見せずに、呆気なく賛成してくれた。

彼女は基本的に俺の意向に沿ってくれるので非常に助かる。

よしよし、これで俺の『特典独占大作戦』への第一歩が踏み出せた。

昨晩、俺は自分と高嶺嬢のステータス、従者ロボットなどの自陣営戦力を眺めながら、ふと思った。

そうだ、独占しよう！

昨日のミッション報酬画面を信じれば、攻略速度Sランクを獲得した俺達チーム日本は、代理戦争中の地球勢力の中ではトップを独走していることになる。

そんな俺達は、3日で魔界ダンジョン第1層を制覇し、特典と報酬を手に入れた。

そして、他のダンジョンの第1層はまだまだ攻略中だ。

なら、俺達の戦力優勢を活かして他国を出し抜き、特典を軒並み掻っ攫うしかないだろう！

日米同盟？

もはや完全な有名無実だろ、ヤンキー共は引っ込んでな！

近隣諸国との友好？

20年前、派手に殺りあったよな？　また踏みつぶしてやるよ！

友好国との関係？
知るか！
モノが欲しけりゃ金を出せ！

発展途上国への配慮？
金持ちになってから出直してこい！
貧乏人がっ!!

俺は他国との協調路線と決別することを決めた。
俺の物は俺の物！
お前の物も俺の物!!
ダンジョンの資源は全部俺の物じゃぁ！！！
日本国は地域覇権国家から卒業し、世界帝国に栄転するんじゃあー！
ダンジョン利権ワッショイ！　ワッショイ!!
「ふふ、ぐんまちゃん、なんだか楽しそうですね！」

「――ファック！　ジョンが肩をやられちまった！」

見渡す限りの荒野で飛び交う銃弾。

「アァーッ！　俺のケツに奴らのがブチ込まれちまった!!」

砲撃によるものなのか、時折巻き起こる爆炎。

「キムチ野郎が退却しだしたぞ!?

チクショー、巨大ロボはまだなのか！」

予期せぬ味方の敵前逃亡。

混乱する戦線。


全高20ｍの巨大なロボ、恐らく特典の一つであるガンニョムが、その圧倒的質量と巨体を活かして敵陣地ごと敵部隊を踏みつぶす。

すると味方の陣地が敵の反撃で閃光と共に吹き飛ばされる。

全身黒尽くめのＮＩＮＪＡによる派手なカトンジツ！　は、荒野に張り巡らされた敵の塹壕を火炎放射器の如く燃やし尽くす。

戦場で一、二を争う程度には目立っているＮＩＮＪＡは、武器を何も持たずに素手で巨大な炎を次々と巻き起こしていた。

アレもきっと特典の一つであるカトンジツ実践セットＳＹＵＲＩＫＥＮ付（ＮＩＮＪＡ！）だろう。

全く忍んでいないその姿は正にＮＩＮＪＡと言える。

そして敵からのお返しで白雷の如き光線がやたらと目立っているＮＩＮＪＡに撃ちだされていた。

ＮＩＮＪＡはそれを器用に避けて、反撃のカトンジツを叩きこんでいる。

もう忍者と全く関係ないな、アレ。

戦場の片隅では、片手に水筒を持ったマッチョが尻を押さえてのたうち回っていると、何処からともなく現れた美少女達が速やかに回収していく。

その様は歴戦の兵士と言ってなんら遜色ない動きだった。

やっぱり従者じゃなくて水筒にしておくべきだったか……！

大地の上に横倒しになった巨大な潜水艦は、即席の要塞として如何なる攻撃にも耐えていた。

安全装置があるから大丈夫だとは思うけど、ミサイルサイロに敵の砲撃が集中しないかだけが心配だ。

そして陸地に鎮座する潜水艦の上では、金属装甲で全身を覆っている強化装甲を着込んだ人物が派手に銃弾を撒き散らしている。

洗練された雰囲気の武装した人に似た種族の意匠が施された扉。

その扉の先は、ただの戦場だった。

それも結構ガチな奴。

「――あれ、トモメ？　あなた達も次はこのダンジョンに来たのね」

拠点の近くで戦場を呆然と眺めていると、聞き覚えのある声に話しかけられる。

そちらに目を向ければ、昨日ダンジョンを一緒に巡ったスウェーデンの探索者であるシーラが、ヒラヒラと上品に手を振っていた。

その姿は迷彩服にナイフ1本だった昨日とは打って変わり、コンバットアーマーで身を包み、その手にはごついアサルトライフルが握られていた。

「シーラ、昨日ぶりだな。ダンジョン探索にある程度慣れてくれたようでなによりだよ」

「フフフ、前は軽装過ぎたわね。アルフと2人、ナイフ1本であのダンジョンに迷い込むところだったわ。おかげさまで、今ではこの通りよ」

そう言ってシーラは艶消しされた黒いアサルトライフルを小さく掲げてみせた。

彼女が持っている銃はＨＫ５７７か。

ドイツが２０４０年に開発した最新の小銃。

低反動で命中精度が高く、世界でも五指に入るほどの優秀な銃だ。

「なんとも頼もしい限りだ。今後、一緒に戦うことが有れば頼りにさせてもらうよ。そう言えば、相棒のアルフはどこにいるんだ？」

高嶺嬢という決戦兵器を保有していながら、少し前まで学生だった素人歩兵を頼りにすることがあるかは不明だけど、一応社交辞令で言っておいた。

本当にするかどうかは置いておいて、こういう細かいコミュニケーションは大事だよね。

「その時は是非、前回の恩返しをさせてもらうわ。ハナ・タカミネのいる日本に必要かどうかは分からないけれどね。

ああ、アルフならこのダンジョンを攻略しているチームのまとめ役に挨拶へ行ったわ」

「まとめ役？　このダンジョンにはもうそんなものがいるのか。でも、確かに集団で攻略するならまとめ役は必要だね」

まあ、ダンジョン攻略が始まって4日目だし、流石にそういう存在も出てくるか。

魔界ではシーラ達スウェーデン以外の国家と接触しなかったけど、もしも他国と接触して共同で攻略なんて話になった場合は、やっぱりリーダー的なポジションを決めることになっただろう。

もちろん、その選出には探索者個人の資質だけでなく、所属国家の国力も大いに関係してくるだろうけど。

「あっ、ちょうどアルフが帰ってきたわ。

……誰かと一緒みたいね。もしかしたら一緒にいる人がまとめ役かしら？」

シーラが目を向けた先を見ると、金髪のアルフと共に赤い髪が特徴的な人物が歩いてきていた。

遠目では分からなかったが、近づくにつれその人物が女性であること、また、女性にしては高身長なことが分かってくる。

よくよく見なくても、アルフは彼女に身長で負けていた。

しかもガタイも良さそうだ。

「おお、新しい戦友の登場か！」

ぶっとい葉巻を咥えた赤い髪の女傑が、俺達の姿を見て顔をほころばせる。

元々強面なせいか、その笑顔は狂暴さを秘めているように感じられた。

「Sorry, I can't speak English」

俺はそう言って愛想笑いをしながら退散した。

思わず本当は英語を話せるけど話せないふりをする日本人の悪い癖が出てしまったぜ……

シーラとアルフは怪訝そうな顔をしていたが、苦笑いをして小さく手を振ってくれた。

このまま流されてこのダンジョンの攻略に関わると、彼女に取り込まれかねない。

未だ名前も知らない女性ではあるけれど、何となくそう感じた。

世界帝国なんて割に合わない夢はやめよう。

俺が馬鹿だったんだ。

「元気出してください、ぐんまちゃん！　どんな戦場でも、私がすぐに血の海へ変えてあげますよー」

高嶺嬢はそう言って、可愛らしく力こぶを作る仕草をする。

もちろん彼女ならそれが可能だろう。

だが、その前に俺が死ぬ。

政治的な意味でも、生命的な意味でも。

死ななくてもいたずらに戦力を浪費する未来が容易に想像できた。

「次にしよう、次！」

「はーい！」

俺達はそそくさと硝煙臭い戦場から自分達の拠点へ撤退した。

そして次に俺は今度こそ、と意気込んでどこか廃れた雰囲気の天使と神らしき存在の意匠が施された扉を開ける。

扉の先に広がっていたのは、見渡す限りの神殿群。

幸いにも爆発音や銃声は聞こえてこないし、硝煙臭さも感じない。

小規模な神殿が連なるその場所は、どこか廃れた雰囲気を持ち、人の気配が微塵も感じられなかった。

「死兵の臭いがしますねー」

何気ないように高嶺嬢がそんな感想を零した。

死兵？　死んだ兵士のことかな？

「完全に覚悟を決めた敵ほど恐ろしいものは無いです。ですが、燃えてきました！」

つまり死兵とは、文字通り死ぬ気の兵士という意味なんだね。

やばいね、うん。

そして俺には全くどんな臭いなのか分からないよ。

無臭だね、無臭！

「さー、ぐんまちゃん！　新たな戦場が私達を待っていますよー!!」

高嶺嬢はやる気に満ち溢れている。

心なしか彼女の語尾も伸び気味だ。

うすうす気づいてはいたんだけれど、高嶺嬢って戦闘モードに入ると語尾が伸びるよね。

それにしても死兵か。

勝つためなら本当に何でもする奴らが、手ぐすね引いて待ち構えているんですね、分かります。

高嶺嬢は既に扉の中、大理石のような石で造られた巨大な台座の上にいる。

戦いの時をいまかいまかと待ち望むその姿は、餌を前にした腹ペコの野獣そのものだ。

「………まずは哨戒だな」

高嶺嬢の後を追いながら、最初は無人機に探索させることを決心した。

でも何処かの国の先客に会ったらどうしよう……

その時は分からせなきゃ！

第十八話　神殿探索

ギリシアにあるような神殿を彷彿とさせる白い石造りの神殿群は、不気味なほどの静けさに満ちている。

神殿群の中心に位置する台座からでは、近くの神殿が邪魔をして、神殿群の全貌を見渡すことはできない。

しかし、魔界と言われた最初のダンジョンと異なる開放型のこのダンジョンでは、上空からの偵察を可能とする。

俺達が保有する20機の42式無人偵察機システムは、情報面で先のダンジョン以上に力となってくれることだろう。

『目星』

だが、俺がやるのは、まず目星……！

先のダンジョンと同様に、スタート地点である台座の上は安全地帯かもしれないが、敵が近くに潜んでいた場合、ここから出た瞬間に無人機が撃墜されかねない。

初日から攻略していた魔界と違い、この世界の敵勢力には4日間の準備期間が有ったのだ。

その間、安全地帯周りに迎撃陣地を築かれていても不思議ではなかった。

いくら全環境型迷彩システムを搭載していようが、起動するところからずっと目で追われてしまえば、流石の最新鋭システムも見破られてしまう。

最新の迷彩システムとはいえ、よく観察すれば周囲の空間との微妙なズレや歪みが分かってしまうのだ。

このダンジョンに通じる扉の絵から、敵は天使のような翼の生えた種族だろう。

間違いなく知恵と技術がある。

思い出すのは、人類連合軍（暫定）と激戦を繰り広げていた敵。

あんなレーザーや大砲モドキの飛び道具で武装されていたら、こちらとしてはたまったものじゃない。

初見殺しだけは勘弁願いたい。

万が一を考えて、慎重策をとるのは当たり前だろう。

相手の対空戦力を警戒して行った目星だが、運の良いことに反応は何もなかった。

念のため捜索も行ってみたが、同じく反応なし。

少なくともスタート地点を見張られている心配は取り越し苦労だったみたいだ。

周囲のクリアリングが済んだので、無人機の管制タブレットを操作して、２機ずつの編隊に分かれて哨戒を指示した。

そのうちの１つの編隊には、俺達の上空に止まって、空から周辺を警戒させる。

俺の索敵レーダーも常時稼働中だけど、やっぱり上空から警戒してもらっていた方が遠くまで索敵できるのだ。

無人機が哨戒を始めると、神殿の中も含めてマップがどんどん作製されていく。

「……どうやら、敵は北側に分散配置されているようだね」

リアルタイムで更新されていくマップを見ると、敵らしき物だと人工知能が判断した物体が、北側の建物内に分散配置されている様子が分かった。

幸いにも、まだ無人機に撃墜判定《ロスト》が出てないので、敵に感知はされていないようだ。

五感が動物のように鋭くて無人機を捕捉していた魔物と異なり、このダンジョンの天使モドキはそこまで鋭敏な感覚は持っていないのだろうか。

「敵が俺達を知らないうちに、各個撃破して敵の情報を集めようか」

「すにーきんぐみっしょんってヤツですねー。腕が鳴ります！」

「美少女隊は武装を短機関銃へ変更し、減音器《サプレッサー》を装着。美少年隊は隠密を第一とし、高嶺嬢と同時に剣で敵を一撃で処分するように」

従者ロボット達に指示をだし、自分も愛銃の26式短機関銃に減音器《サプレッサー》を装着して準備を整える。

減音器は射撃音を消してくれる追加装備だ。

完全に音が消える訳ではないのだが、無いよりかはずっとマシだろう。

「今日も元気に皆殺しですよー」

高嶺嬢の号令一下、俺達はダンジョン探索を開始した。


「前方、建物内に敵影8を確認。建物入口に2、中心部に6。裏口から入ろうか」

スキルポイントが23に上昇した結果、半径23mの全球を探知可能となった索敵マップとタブレットの哨戒結果から敵情を容易に把握できる。

他の神殿に潜んでいる敵を警戒しつつ、目標の裏口から音をたてないよう慎重に侵入した。

神殿内は敵がいない区画だからか、明かりもない。薄暗く黴臭《かびくさ》さが漂っている。

俺の聞き耳、捜索、索敵を活用しながら、俺達は敵にばれないよう神殿内の探索を進めていく。

神殿内は長年管理せずに放置していたのか、所々に埃が積もっており、かなり汚れていた。

木の扉は朽ちかけており、今にも崩れそうな家具と合わさって、滅んだ文明の残り香のような廃れた雰囲気を醸し出す。

率直に言って廃墟だ。

しかし、所々に見え隠れする生活の影が、ここが活用されている施設であることを教えてくれる。

そうして探索を進め、敵が潜む広間に辿り着く。

てっきりどこかに罠でもあるかと思ったけれど、それらしきものはどこにもなかった。

広間は幾本もの太い柱が等間隔で設置されており、入り口から直接繋がっているため、ある程度の明るさは確保されていた。

しかし、各所に設置されている蝋燭《ろうそく》台には明かりが灯されておらず、光源はもっぱら自然光頼りのようだ。

清貧を気取るにしたって限度があるだろう。

柱の陰に隠れながら、敵の姿を観察してみる。

広間の中心に設置されている像へ、静かに祈りを捧げている集団。

扉の絵にあった通り、そいつらの背中からは純白の翼が生えており、頭上には光の輪が浮いている。

それ以外の姿形は人間と大差ない。

誰もが想像する典型的な天使と言える。

古代ギリシアの白い布を巻きつけたような服を着ており、腰には剣、祈りを捧げる体の横には槍が置かれていた。

観察する限り、近代兵器らしきものは存在しなさそうだ。

彼らの姿は所々が薄汚れていて、廃れた神殿の雰囲気と一体化していた。

人外の姿も相まって、まるで一枚の絵画を見ているかのような錯覚に囚われる。

敬虔な信仰には神聖さが宿るとでもいうのだろうか。

どこか神聖なその姿には、戦いを躊躇《ちゅうちょ》させる不思議な魔力を感じてしまう。


そんな彼らの中心に、高嶺嬢が、舞い降りた。

煌めく銀閃。


彼らにとって幸福だったのは、何が起こったか知ることもなく逝けたことだろうか。

天使達は祈りの姿勢のまま身動き一つしない。

彼らだけ時が止まっているかのようだ。

高嶺嬢が刀身を伝う血の滴を払って、マントの中に収めると同時に、静かに頭がずり落ちた。

へー、頭が落ちると頭上のわっかも落ちるんだー。

敵の見張りがいた入り口を見ると、既に彼らの喉からは、従者ロボット達に握られた剣の先端が突き出ていた。

そして俺はこの瞬間、とんでもない事実に思い至る。

もしかして彼らの死体、解体しなくちゃいけないの？

確かに魔界では魔物の死体を切り開いて魔石を採取していたけれど、ゴブリンやオークと違い、明らかに人の姿をした彼らを解体するのは流石に躊躇《ためら》われた。

翼とわっかが付いてるだけで、他は人間と同じじゃん。

そこまで考えて、ふと気づく。

あれ………

今俺、首チョンパは普通にスルーしてませんでしたか？

高嶺嬢に影響され始めてきている自分に戦慄した。

第十九話　くっころ！

結論から言おう。

天使っぽい翼と光の輪を持つ種族、仮称天使から魔石を採取することができた。

より詳細に説明するなら、天使は死ぬと頭上にある光の輪が光を失いつつ変形していき、魔石に変化する。

彼らを解剖する羽目にならなくて本当に良かったよ。

魔界ダンジョンでは、種族によって採取できる魔石の色が異なっていた。

オークは赤、ゴブリンは黒といった感じだ。

まあ、採取したばかりの新鮮？　な状態では、モンスターの血によってどの魔石も真っ赤なのだが。

天使達から採取できた魔石の色はバラバラだった。

高嶺嬢と従者ロボットが倒した8体の天使から得た魔石は、赤3個、黒2個、青1個、黄2個だ。

どのような基準で色が決まるかは分からない以上、魔界の時のように欲しい資源と交換できる魔石を集中的に狙うといった手法が取れなくなった。

また、天使の肉体や装備を調べてみたが、不思議な点が何個もあった。

まず肉体だが、俺と大差がなかった。

具体的に言うと、日常生活を送るうえで最低限度以上の筋肉が無く、武器を握った事すらなさそうな華奢な体つきをしている。

さらに服装も戦いに向いているものではなく、ただの布切れとサンダルだ。

まるで民間人に槍を持たせて、そのまま戦場に連れ出したかのように感じてしまう。

思えば魔界の時も、樽や扉などを作る技術はあるくせに武器は持っていなかった。

俺達は階層をクリアする毎に、ステータスアップやショップで購入できる商品を増加させることができる。

それと同じく、敵側も何らかの制限が設けられていて、ダンジョンの階層が上昇するにつれて制限が解除されていくのだろうか。

もしそうなら、第2層となった魔界は、当たり前だが、攻略難易度が何かしらの形で大きく上昇するのだろう。

出現モンスターの変化くらいと考えていたが、ダンジョン攻略について少し考え直さなければならないな。

「ぐんまちゃん、このくらいの奴らなら各個撃破するまでもなく殺《ヤ》れますよー？」

不完全燃焼な高嶺嬢が、天使の頭部を蹴りながら今後の方針を聞いてくる。

確かに天使達はゴブリンにすらやられてしまいそうなほど貧弱だ。

高嶺嬢なら1000体や2000体くらい訳なく殲滅してしまえるだろう。

空に飛ばれたところで、俺達には銃がある。

七面鳥撃ちの如く撃ち落とせるはずだ。

まあ、それはともかく、死体で遊んではいけないね！


「ヘイヘーイ、ドンドンかかってこーい！」

次々と神殿群から天使達が飛び立ち、上空で陣形を整えた後に高嶺嬢へ突撃していく。

お世辞にも統率はとれていなかったが、誰もが勇猛果敢に眼下の怪物へと挑みかかる。

そうした天使達の中には、時折、火の玉や、氷の槍などを発生させて撃ち出す個体もいた。

あれがきっと魔法なんだろうなー、と思いながら、その個体が高嶺嬢の投げた槍で討ち落とされていくのを眺める。

高嶺嬢は天使達の猛攻を躱《かわ》しながら、近づいてくる敵を軒並み殺戮していた。

そこにはヒト型の生物を殺める躊躇いなんて欠片も存在しない。

俺は周囲をロボットで固めて、高嶺嬢が敵を一身に引き受けている間に、哨戒で発見した敵の物資集積所らしき場所を虱《しらみ》潰しに潰して回っている。

基本的には、粗末な槍と食料、水が置いてあるだけだが、時々鑑定で何らかの特徴があったブレスレットや首輪なども保管されていた。

とはいえ、価値がありそうなものを取り尽くしたら、新たに武器屋で購入可能となったC４爆弾で建物ごと吹き飛ばしていく。

勿体ないとは思うものの、どんな寄生虫が紛れ込んでいるかもしれない食料を回収したところで、食べることなんてないだろう。

10箇所目の集積所を吹き飛ばしたところで、空を舞っていた天使の姿が見当たらなくなっていた。

タブレットを見れば、敵性反応を見受けることはできない。

どうやら天使達は全滅したようだ。

集積所潰しの方も大きなところは粗方爆破し終えた。

そろそろ高嶺嬢と合流した方が良いだろう。


「あっ、ぐんまちゃーん！　大物っぽい奴はちゃんと捕まえておきましたよー!!」

高嶺嬢の元に辿り着くと、俺の存在に気付いたようで、魔石拾いを中断して駆け寄ってくる。

周囲の光景はいつものように夥《おびただ》しい量の死体で埋め尽くされていた。

そして、真っ赤に染まった神殿の柱に、１体だけ４つの翼が存在した痕のある天使が、４本の槍で磔にされている。

生きてるのかな、あれ。

「お手柄だな、高嶺嬢」

これが大物っぽい奴か？

高嶺嬢を労ってからそいつに近づくと、彼女にやられた惨たらしい傷痕が嫌でも目に付く。

４つの翼のうち、２つは切断され、残り２つは付け根の部分から引き千切られている。

四肢は完全に潰されており、所々から白いモノが皮膚を突き破って顔を出していた。

そしてトドメとばかりに胴体を４本の槍で貫かれ、石材の柱に磔となっている。

何故これで生きているんだ？

人間って残酷だね！

憐れにも生かされているその天使は、息も絶え絶えの癖に俺が近づくなり、血走った目で睨みつけてきた。

その目からは未だに戦意が衰えておらず、隙あらば俺の喉笛を食い千切らん勢いだ。

「俺の言葉は分かるか？」

思い出すのは魔界ダンジョン第1層のボスモンスター。

あの巨大オークは、当人の性格の問題で意思疎通こそできなかったものの、紛れもなく日本語を話していた。

ならば、より人に近い姿の天使なら、俺達と意思疎通ができるんじゃないかと思ったのだ。

魔物達も知能を持ってはいたが、天使達は明らかな理性と文明を保有している。

もしかしたら言語が違う可能性もあるけれど、ジェスチャーなどを駆使すれば十分にコミュニケーションをとれるはずだ。

しかし、俺の問いかけの答えは、さらに鋭さを増す視線のみだった。

もしかして天使達には日本語が通じないのかな……

英語にしておいた方が無難かな。

それともやっぱりラテン語とか？

「ヘイヘーイ、ぐんまちゃんの質問にちゃんと答えなさーい」

「――――ァッ!!」

こいつの視線に高嶺嬢は一本の指で応えた。

「早く答えてくださいよー」

「アッ！

アァッ!!」

高嶺嬢はグチャグチャと突き入れた指を掻き混ぜる。

天使は必死に瞼を閉じようとするも、そんな抵抗が彼女を止めることなんてできる訳がない。

痛みに暴れたところで、四肢を潰されたうえ、４本の槍で貫かれた状態では、彼女の指からは逃れられない。

それを間近で見せられた俺は、思いっきりドン引きしていた。

コイツヤバい！

改めてそう思う。

「あーあ、空っぽになっちゃいましたねー」

そう言って指を抜くと、確かに空洞になっていた。

中に入っていたモノが、液状となってドロドロと天使の頬を伝っている。

うわー、温泉卵しばらく食べられないわー。

スウェーデンコンビがこの光景を見たら、きっともんじゃ焼き作りを再開することになるぞ。

羽とわっかがあると言っても顔が人間だから、その衝撃はことさら強い。

そして、高嶺嬢は何を思ったか、もう片方に指を這わせた。

「次は抉り出しますよー？」

こいつはやべぇ。

間違いない。

『くっ、ころせ……！』


突然、頭の中に直接声が響いた。

かの有名なくっころだ！

しかし、残念ながらこの場にはオークもゴブリンも存在しない。

大事なネジがダース単位で欠落している決戦兵器がいるだけだ。

「はーい」

「あっ、ちょっ……」

俺が制止する間もなく、高嶺嬢は天使の頭におててを置くとそのまま握りつぶした。

「え、えぇー」

殺しちゃった……

第二十話　なんだかイケそうな気がしてきた日本

「ううぅ、ずみまぜんでしだぁ」

俺の服を掴みながら、高嶺嬢がずっと泣きべそをかいている。

どうやら敵の言葉に乗せられて、尋問中に殺してしまったことで予想以上に落ち込んでいるらしい。

俺としてはそこまで気にしてない。

元々彼女が捕獲した敵だ。

それにあの様子では、縦え尋問を続けていたとしても、アヘ顔ダブルピースにでもならない限り、あの天使が口を割ることは無かっただろう。

そんなことよりも、敵の頭蓋を握り潰した手で俺の服を掴まないでほしい。

もちろん、口には出せないが。

「良いって、良いって。仕方ないって」

俺は神殿群にC４を仕掛けながら、彼女を励ますも、中々頑固なようで一向に泣き止まない。

責めてないんだし、そこまで気にすることないのに……

面倒くさい女だな！

「わだじ、もっと頑張りまずぅ」

「うんうん、君にはこれからも期待してるから！　大丈夫だから！」

俺がせっせと爆薬を仕掛けているのは、言うまでもなく明日の探索の為だ。

今回の探索で得た魔石は、各種合計４００個。

初回なのかやや少なめだが、普通に考えれば大収穫だ。

そしてこれだけ殺せば、魔界での経験から考えると、次回までにモンスターはより多く補充されるだろう。

そいつらが、スタート地点の台座近くに潜まないとは限らない。

魔界ダンジョンでは、殲滅するたびに魔物達はより戦術的に進化していた。

ここでもそうならない保証はどこにもない。

俺達が現在制圧している地域に歩哨を置ければ良いのだが、たった二人ではそれも厳しい。

「わだじぃ、今までもがんばってまじだがぁ?」

「うんうん、頑張ってる頑張ってる。色んな意味ですげぇよ、君は本当にすげぇよ」

俺は考えた、開戦ブッパかますしかねぇな、ってね！

その結果が、スタート地点の周囲数十箇所の神殿に仕掛けられたＣ４爆薬だ。

今や俺の指先一つで、安全地帯の台座から半径２００ｍのあらゆる建造物が盛大に爆破される。

もちろん俺達以外の探索者が巻き込まれないように、スタート地点の台座の上には英語の看板で爆弾の事を説明済みだ。

他の探索者からすれば傍迷惑な話だが、英語で看板を作製したので、俺達チーム日本の仕業だとはばれないだろう。

もしも探索者の中に英語を読めない者が交ざっていたら、申し訳ないけれど運が悪かったと思って諦めてほしい。

人生ってそんなものだよね。

「わだじのごど、あぎれだりじないんでずがぁ?」

「しないしない、頼りにしてるよ？　いや、本当にね」

そこまで考えて、俺はとんでもないことに気づいてしまった。

俺のやった裏工作、日本政府に生中継されとるやん！

最近は端末からのミッションが無いので、すっかりその事実を忘れてしまっていた……！

「ぐぅんまぁぢゃぁぁぁぁぁぁん‼」

「ぐぇっ」

『ミッション　【乗り切れそうな気がしてきました】
資源チップを納品しましょう
鉄鉱石：１００枚　食料：50枚　エネルギー：２００枚　希少鉱石：１００枚
非鉄鉱石：１００枚　飼料：50枚　植物資源：50枚　貴金属鉱石：50枚
汎用資源：10枚
報酬：ＬＪ－２０３大型旅客機　２機
依頼主：経済産業大臣　鈴木市太郎
コメント：国民全員が応援してます！』

ダンジョン攻略開始5日目にして日本はなんかイケそうな感じらしい。
そして要求に遠慮がなくなってやがる。
資源710万tと大型旅客機2機って釣り合いますか？
まあいい、こうなったら祖国を資源大国にしてやるのも一興と言うものだ。
それにしてもコメントの国民全員が応援してますってどういうことだろう。
もしかして、俺達の様子が政府だけじゃなくって全国民に中継されてるってこと？
やばいやん。
高嶺嬢の戦闘シーンとかどうするんだよ……!?
「よっしゃ、今日も元気に天使狩りだ！」
「おー！」
祖国の事は政府と映倫に任せて、俺達はダンジョン探索あるのみだ。
拠点からダンジョンに繋がる扉を開いて、チラッと確認。
台座周辺の神殿群は、昨日と同じく静けさを保っている。

『目星』『捜索』『聞き耳』

いつもの3セットをこなすと、出るわ出るわ。
安全地帯を囲む全ての神殿から発光し、数えきれないほどの息遣いが耳に入った。

これだけ敵に囲まれていたら、他の探索者が暢気にダンジョン探索なんてできるはずがない。

もしいたとしても樽コース一直線だ。

俺は迷わず、起爆スイッチ機能もあるタブレットをタッチする。


『――――』


一瞬だけ凄まじい音が聞こえたが、その直後から何も聞こえなくなる。

目の前に広がる凄まじい砂埃は、安全地帯の台座上には見えない壁でもあるのか、侵入できていない。

その分、台座周辺を埋め尽くし、辺り一面灰色の世界と化していた。

全く何も見えない。

そして、何も音が聞こえない。

振り返って高嶺嬢を見ると、俺と同じような状況だった。

流石の耐久24も、ここまでの爆音は防ぎきれなかったようだ。

俺は迷わずポーションをお互いの耳に垂らした。

1000万円ポーション、入りましたー。

開戦ブッパはロマンだけど、今度からは耳栓しよう。

「瓦礫だらけですねー」

「そうだな」

「何も見つかりませんねー」

「そうだな」

「おっ、敵が出てきましたよ」

「3時の方向、敵航空戦力に対し射撃開始」

号令一下、従者ロボット達から伸びる4本の火線に、新たに出てきた天使達が次々と絡め取られていく。

対空射撃用に持って来ていた12・7㎜M2重機関銃は、遺憾無くその威力を発揮したようだ。

12・7㎜の弾丸は、掠っただけでも天使達の身体を容易く破壊していく。

しかし敵はすぐに学習し、密集隊形を解いて空中に広く分散した。

まあ、そうするよな。

一団で固まっていたら機関銃の掃射で一纏めに墜とされる。

せっかく空中という三次元機動をとれる場所にいるのだ。

部隊の生存率を上げるには各員を分散させて部隊密度を薄くしてやるしかない。

ちょうど良いタイミングで、重機関銃の弾も撃ち尽くした。

3割は撃ち落とせたが、5割は健在、残り2割は重軽傷。

所詮4門の対空射撃では、こんなものだろう。

「高嶺嬢は中央に突撃、美少女は右翼を、美少年は左翼を射撃」

「ヘイヘーイ、今日は良いとこ見せちゃいますよー！」

神殿の屋根から屋根へ飛び移っていく高嶺嬢を見送ると、武装を重機関銃から30式6・8㎜軽機関銃に変更した従者ロボット達が射撃を開始した。

俺の武装も対空射撃を考慮して、いつもの26式短機関銃から28式6・8㎜小銃に替えている。

まあ、俺では銃を替えたところで、飛行中の敵には当たらないんだけどな。

その癖、26式と比べて重いのが、地味に辛いところだ。

「今日のノルマは7、800体か？　やれやれだぜ！」

どうやら今日も帰りは夜になりそうだ。

第二十一話　鬼畜なノルマと大天使

『ミッション　【今日も元気に魔石狩り！】
資源チップを納品しましょう
鉄鉱石：150枚　食料：100枚　エネルギー：200枚　希少鉱石：100枚

非鉄鉱石：150枚　飼料：100枚　植物資源：150枚　貴金属鉱石：100枚
汎用資源：50枚
報酬：LJ－203大型旅客機　2機
依頼主：第113代内閣総理大臣　高嶺重徳
コメント：よっ、日本の救世主！』

1週間も経たないうちに、ついに1000体斬りをコンスタントに要求してきた日本政府。

今まで納入してきた資源は、鉄鉱石やエネルギーだと1000万t近くになる。

明らかに日本の需要を満たしているはずだ。

野郎、この機に散々蓄えるつもりだな……

ゆるす！

だって祖国だもん!!


「よーし、今日のノルマは達成ですー！」

ちょうど高嶺嬢が1000体斬りを達成したようだ。

初日に比べて大分見晴らしの良くなった神殿群跡地を見渡せば、一面に天使達だったものが転がっている。

前日や前々日も派手に駆除したから、どれがいつの死体かは分からないけど、まだ腐っていないことだけが幸いだった。

どうにかして死体が腐る前にダンジョン攻略を終えたいものだ。

せっせと魔石を回収している従者ロボット達を横目に、高嶺嬢は休憩を、俺は従者ロボット1体と無人機を連れて残敵掃討を行う。

「ひゃぁ、疲れちゃいましたー」

そう言いながらも俺について来る高嶺嬢。

その辺の瓦礫に座っていればいいものを。

「瓦礫の下、敵2体が潜伏」

索敵マップと捜索、聞き耳を駆使して、息を潜めて奇襲のチャンスを狙っている敵を順番に潰していく。

ここまで一方的に殲滅されると、魔物達なら逃げて行ったのだが、天使達は最期の瞬間まで死に物狂いで襲い掛かってくる。

後に引くことのない鬼気迫る様は、まさに高嶺嬢が最初に言った通りの死兵だ。


『悪魔め、地獄に落ちよ!』


天使達の怨言が直接脳裏に突き刺さる。

奴らの会話手段はテレパシーのように、自身の意思を相手の脳に直接伝えるやり方のようだ。

この手法の厄介なところが、言葉と同時に強い感情も伝わるところだ。

その際の伝達量は、ステータスの知能と精神に依存するらしい。

知能が高いほど強く伝わり、精神が強いほど相手からの感情が抑制される。

俺の場合、精神が16で知能が17なので、一つ一つはそうでも無いが、量で来られるとキツイ。

1000を超える天使達を蹂躙しつくした高嶺嬢だと、常人では容易く発狂してしまうほどの怨念を浴びせられているはずだ。

しかし幸いなことに、彼女は24の精神に比べて知能が僅か2と、極めて少ない。

要は、鈍感な馬鹿に何を言っても無駄ということだろう。

高嶺嬢が知能2であることの数少ない利点と言える。

俺達は神殿群を掃討しながら、無人機が発見した神殿の一つに向かっている。

その神殿の構造は、像が設置された広間に簡素な生活空間が付属している他の神殿とは、異なる構造をしていた。


「――――ここだな」

「2度目のボス戦！　腕が鳴りますよー！」

ようやく辿り着いたダンジョンボスが潜んでいる可能性のある神殿。

外見からは、他の神殿と目立った違いは見られない。

他の神殿よりも心なしか大きい気もするけれど、誤差の範囲内だろう。

しかし中に入ると、一目で違いが分かった。

「この階段を下りればいいんですね！」

「……見たところそのようだね」

入り口から直接繋がる広間の中央には、天使達が祈りを捧げている像ではなく地下へと続く階段が設けられていた。

階段には明かりが無く、地下へと続く先は闇に包まれている。

なにが潜んでいるのかもわからず、立ち入ることを思わず躊躇ってしまう不気味さだ。

というか、わざわざ階段を下りて行かなくとも、ここにC４爆弾を１ｔくらい突っ込めば階層制覇できるんじゃないか？

どれほど下まで続いているのか窺い知れない地下への階段。

それを見ながら邪道ともいえる攻略法を検討していた俺は、真上から降ってくる凶刃に反応できるはずもなかった。


「――――させない!!」

「ギイイイイン」

甲高い金属音と共に、俺の頭上で朱い刀と白銀の槍が火花を散らす。

太刀筋は全く見えず、お互いの得物が打ち合って初めて俺の頭上で戦闘が行われていることに気づく。

『――――ッ』

「ダダダダダダッッ」

それに一瞬遅れ、火線が空中を彩った。
曳光弾によって描かれた4筋の火線が宙を彩る。
襲撃者は空中を飛び交う弾丸の群れをヒラリと躱して後退する。

「わ、わ、わ」

俺は突然のことに思考が停止。
ひたすら『わ』を量産する案山子《かかし》と化す。
そんな俺の襟首が掴まれて、そのまま強引に後ろへ引っ張られる。
目の前に視界一杯広がる大型のバックパック。
気づけば、俺の四方は従者ロボット達に固められていた。

「アァアッ！」

宙を見上げれば、３対の翼を広げる天使と、朱い外套をはためかす高嶺嬢が、熾烈な空中戦を繰り広げていた。

天使が３対の翼を別々に羽ばたかせ、高速の鋭角機動を。

高嶺嬢は広間にある柱、天井、床を足場に、縦横無尽の空間機動を。

空中で槍の刺突を刀がいなせば、柱ごと叩き斬ろうとする斬撃が紙一重で躱される。

初めて見る、一見して高嶺嬢と互角に戦う敵の姿。

腰まである金糸の髪は、色褪せながらも美しさを保っている。

荒れが目立つ純白の肌は、所々に新鮮な朱い線が走っていた。

このまま戦っても不利と悟った天使は、３対の翼を全て使って大きく後退。

そのままの勢いで、天使の周囲から30を超える火球と氷槍が生まれ、高嶺嬢を空間ごと葬り去ろうと殺到した。

途中、横合いからの従者ロボットによる迎撃で何割かは爆散したが、未だ20ほどの数で高嶺嬢に迫る。

「――――はっ！」

気合いの声、いや、違う。

児戯を見た強者のように、彼女は嘲笑った。

振り抜かれる朱線。

火球と氷槍の幕が横一文字に大きく裂かれ、その間を高嶺嬢が飛び抜く。

『愚かなりっ!!』

彼女を出迎えたのは、先端が光り輝く槍を今にも投げ出さんとする大天使。
無防備なその姿を、4線の銃火が貫く。
瞬く間に身体がハチの巣になる大天使。
しかし、すでに槍はそいつの手元から離れていた。
あの槍がどうなろうと、余波で建物ごと吹き飛ぶんだろうなー。
真っ二つに両断された槍を見ながら、俺は諦観と共にそんなことを考えた。
高嶺嬢?
もちろん無傷で、大天使の顔面を刀で刺し貫いていた。
ぱねぇっす。
その感想と同時に、俺の視界は光で包まれた。

第二十二話　初めての負傷

何処までも続く深い闇の中、意識が沈んでいる。

全ての知覚は闇に呑み込まれた。
何も考えられず、ただ、闇に意識をゆだねる。
このまま意識を失えば、どうなるのか。
一瞬、ほんの一瞬、湧いた疑問が、闇に呑まれた。
ゆっくりと、しかし確実に、意識が闇に染まっていく。
その間際、刹那の如き間隙を突いて、一人の女性を思い出した。

「ひとつー、私に下さいなー！」

四肢を引きちぎられ、内臓の過半を抉り取られたオーク。
その腹の中から、赤い結晶を捥ぎ取った彼女。
高嶺、華。

「――――グロい!!」

俺の意識は一瞬で浮上した。

完全に覚醒してしまった頭で、周囲の状況を把握する。

周囲に散らばる大小の瓦礫。

爆破された神殿のなれの果て。

俺の四方に控え、周囲に銃を向けて警戒状態の従者ロボット4体。

彼らはメインの28式小銃を持っておらず、サブの26式短機関銃を構えている。

直前の状況を思い出す。

予想外の、ボスによる場外奇襲。

激突する高嶺嬢と大天使。

綺麗なお顔を突き殺された大天使。

その直後、光る槍が大爆発。


「……高嶺嬢は？」

俺の問いに、従者ロボットの1体、美少女1号が瓦礫の山を指さした。


「────」

索敵マップを展開。

微弱な青点を補足。

対象の生存を確認。

『捜索』

瓦礫の山の一点に光点を発見。
光点は瓦礫の底にあり、完全に埋もれていることを認識。
やべぇ。
「あそこを全力で掘り起こせ」
救出すべく、即座に指示を出す。
まずいまずいまずい⁉
無敵要塞だと思っていた高嶺嬢がまさかの大ピンチだ！
総理の孫を死なせるのは不味すぎる。
それ以上に彼女抜きでは、ダンジョンの難易度が篦棒《べらぼう》に跳ね上がる！

『聞き耳』

瓦礫の奥から微弱な息遣いが聞こえる。
今にも聞こえなくなってしまいそうな途切れ途切れの息遣い。

背中から液体窒素が流し込まれたかのように背筋が冷えてくる。

それと同時に、ロボットが瓦礫を退かして小さな隙間を作った。

今だけは手段を選べない。

救助の結果、自分がどのような怪我をしようとどうだって良い。

聞き取れたそれに向かって、迷いなく僅かな隙間に潜り込む。


『目星』


目の前を塞ぐ瓦礫を、単分子振動型ナイフで分割し、素早くどかす。

無節操に瓦礫を退かしたことで、上の瓦礫が迫ってくる。

問題無い。

右腕を崩れかけた瓦礫の隙間に差し込み、腕が潰される代わりに瓦礫の崩落を押さえる。

痛いが、まだ我慢できる。

俺の脳裏を埋め尽くす保身の文字が、痛みと恐怖を塗り替えた。

彼女を失った後の絶望的なダンジョン探索を考えたら、腕の一本や二本問題ない！

押し潰された腕を即座に斬り落として瓦礫の奥へ前進する。

こんなところで時間を消耗するくらいなら腕の一本程度くれてやろう。

どうせポーションかければすぐ生える……たぶん。

ようやく見つけた高嶺嬢は柱の一部に下半身を挟まれていた。

すぐに半ばを切断された腕で高嶺嬢を抱きかかえる。

ついでにナイフで彼女の両足を一閃。

ポーションで治ることを祈りつつ、最悪は日本から義足を送ってもらうことにしよう。

噴き出る血に構わず、ロボットが支えている瓦礫の出口に飛び込んだ。


「ポーション！」

クソったれなことに、俺の携帯していたポーションは全て割れていた。

こんな事ならケチケチせずにポーションケースを買っておけば良かったよ！

高嶺嬢の四次元マントにはたんまりと収納されているはずだが、マントの収納空間からは本人しか取り出せない。

従者ロボットがバックパックを引っ繰り返す。

１０００万のポーションはどれも割れている。

如何に大天使の最後っ屁が強烈だったか、今更ながら実感する。

が、幸か不幸か一本だけ、無事なものを発見。

漫画かアニメかよ。

こんなどうしようもない展開、フィクションだけでお腹一杯なんだけど！

俺に飲ませようとするロボットから分捕り、高嶺嬢の口に迷わず突っ込んだ。

くらいくらい闇の中。
全身の感覚が酷く鈍い。
体はちっとも動かない。
ゆっくり、とてもゆっくりと冷たくなっていく自分の身体。

頭に浮かぶ最後の記憶は、刀が刺さった敵の顔、後ろからの衝撃。
意識が途切れ、気づけばどことも知れない闇の中。

私はこのまま終わるのか。
脳裏に過るは、懐かしい祖国と一人の男性。

私がいなくなったら、彼は一人で戦えるのか。
……大丈夫。
私と違って、彼ならきっと上手くやるだろう。

出会って1週間も経ってないけど、なんとなく、そう思えた。

でも、叶うことならもう一回だけ、私が作ったご飯。

一緒に食べたかったな。

気づけば、いつの間にか私は身体の感覚を取り戻していた。

急激に覚醒した意識。

急いで起き上がり、周囲を見回した。

ロボット3体、大量の瓦礫、夥しい血痕、何も身に着けていない私の両足。

状況を頭が認識する前に、直感でナニカが足りないと感じた。

「――ぐんまちゃん？」

無意識に動いた口。

反射的に、周囲をもう一度確認する。

瓦礫の山から、何かを引き摺ったかのような血痕が私の足元まで続いている。

「私の血？　でも、私の足は無傷のまま……」

考えが纏まる前に、脳裏に自然と答えが浮かぶ。

「誰かが私を引き摺って、足を治した………」

ぐんまちゃん？

もう一度、万が一にも見落としが無いように、慎重に周囲を見回した。

ぐんまちゃんは？

「ぐんまちゃーん？」

答えは返ってこない。

ありえない不安が心に過ぎる。
「どこですかー、ぐんまちゃーーん？」
再び呼びかけるも、私の声が虚しく木霊する。
おかしい。
彼なら私が目を覚ますまで待つか、私を拠点までロボットで運んでくれるはず。
意識が覚める前の感覚も相まって、不安がどんどん大きくなる。
「ぐーんーまーちゃーーん？」
答えは返ってこない。
返ってくるはずがない。
脳裏にそんな言葉が突然浮き上がった。
分からない。
何の意味だかよく分からないよ。

ダンジョンにたった一人。
心には不安と同時に恐怖が広がる。
「ぐぅぅんぅぅまぁぁちゃぁぁぁぁん⁉」
私は叫ぶ。
もう答える人はいない。
私は一人だ。
うるさいうるさいうるさい。
脳裏の言葉を掻き消すように、私はただただ叫んだ。
心配、恐怖、心細さ、諦め、様々な感情が心を揺さぶる。
「ぐぅぅぅぅんぅぅぅぅまぁぁぁちゃぁぁぁぁぁぁん」
何度叫んでも、彼は来ない。

今の状況が分からない。
考えようとする理性を感情の波が押しつぶす。

たった一人の同胞。
たった一人の話し相手。
たった一人の戦友。

私が頼れるたった一人の男の子。

そんな彼が、今はいない。

「うわぁぁぁぁぁぁぁ」

叫び声が泣き声に変わっても、彼は来なかった。

「うわぁぁぁぁぁぁぁぁぁぁん、ぐぅぅぅぅんぅぅぅぅまぁぁぁぁぁぢゃぁぁぁぁぁぁぁぁん！！！」

高嶺嬢が泣いている。

俺の名を泣き叫んでいる。

私、絶望してます、と言わんばかりに二十歳にもなった成人女性が泣き喚いている。

半壊している神殿の柱に隠れながら、俺はその様子を窺っていた。

だって、あれだけ盛大に盛り上がっている様子を見てたら、今更出辛くなっちゃったんだもん。

ダンジョンの外までポーションを取りに行っていた間に、まさかこれほどの大騒ぎになるとは思わなかった。

そんなに悲しまなくても、高嶺嬢を救出する際に切断した腕は綺麗に元通りだし、これっぽっちも心配する必要ないんだけどな。

出辛い。

本当に出辛い。

仕方ないよね、人間だもの。

護衛として連れていた美少女の1号の視線が、心なしか呆れているように感じた。

末期世界　第一層　神殿都市バッチィ＝カン
日本　　　攻略完了

第二十三話　桃缶に釣られた20歳児

「いやぁ、ごめん。申し訳なかったよ、本当に」

拠点の食堂にて、ダンジョンから無事に帰還した俺はすっかりへそを曲げてしまった高嶺嬢に、ひたすら平謝りを続けていた。

ダンジョンで柱の陰からモジモジして出てきた俺を見るなり、高嶺嬢はずっとこんな調子である。

「もー、私、本当にぐんまちゃんが死んじゃったかと思ったんですよー！」

ジト目でこちらを見てくる彼女に、俺はただただ頭を下げるばかりだ。

かれこれ数時間はこのやり取りが続いている。

普段は素直なんだけど、どうやら拗ねると面倒くさくなるタイプらしい。

高嶺嬢に手持ちで唯一のポーションを使った後、俺はロボット1体を護衛に急いで拠点までポーションを取りに向かった。

その際、高嶺嬢も連れて行ければ良かったのだが、彼女の肉や骨がゆっくりと蠢《うごめ》きながら再生していく様子から、動かすのは危険だと判断したのだ。

あとなんかキモかったし。

しかしその結果、高嶺嬢の単純かつ残念なオツムと、驚異的な直感が化学反応を起こして、何故か俺が死んだものと勘違いしてしまったらしい。

血が一杯
←
姿が見えない
←
名前を呼んでも、直感で答える人はいないと感じる
←
ぐんまちゃんはいない
←
死んだの⁉

どうして、いない、と死んだがイコールで結ばれるのかは分からないが、彼女の中ではそうなってしまったようだ。

「まあまあ、そう言わずに」

俺は隠し持っていた高級桃缶を差し出した。

無人偵察機の補給の度に、梱包材の空いている空間に詰め込まれているお菓子や缶詰は、物資管理を一手に引き受ける俺が責任を持って管理している。

まあ、ある種の利権とも言える。

この桃缶もそのうちの一つだ。

「んんっ！　ま、まあ、私が早とちりしたのも確かですし、今回は仕方ないですねぇ」

ちょろい。

高嶺嬢は一缶2000円超えの高級桃缶をしっかりと手元に確保しながら、見事に手のひらを返した。

このお嬢様、賄賂に弱すぎない？

所詮、知能2なんてこんなものか……

「……でも、こんな状況で、目が覚めたら一人で。

本当に……

……怖かったんですよ？」

桃缶をしっかりと握りしめながら、彼女は心細そうに目を伏せた。

その姿からは思わず庇護欲がそそられ、普段とのギャップにドギマギしてしまう。

忘れがちだが、高嶺嬢は総理大臣の祖父を持つ生粋のお嬢様。

当たり前だが、殺し合いの経験なんて有るはずがない。

それなのに、ある日突然代理戦争に巻き込まれたのだ。

しかも、仲間は俺１人。

そんな状況で戦闘中に意識を失い、目が覚めたら唯一の仲間である俺がいなくなっていた。

そりゃあ慌てるよ。

その上、死んだと勘違いしたら、泣き喚きもするだろう。

なにせ彼女はまだ20歳。

少女と言ってもギリギリ通用する年齢だ。

いや、でも、うーん、20歳は少女……かな？

そんな彼女からしたら、俺は戦力的にはともかく、それ以外の面で頼れる存在なのだろう。

特に精神面では大きな存在感を持てているはずだ。

まあ、同年齢なんだけどね。

「………ごめんね」

それでも、彼女の内心を慮って、最後にもう一回、真面目に謝った。

『ミッション　【今日も元気に魔石狩り！】　成功
報酬　ＬＪ－２０３大型旅客機　２機　が　受取可能　になりました』

『ミッション【末期世界　第1層の開放】成功
報酬　道具屋　武器屋　防具屋　の　新商品　が　開放　されました』
『末期世界　において　第1層の開放　が達成されたので　第2層　が開放されます
3日間　末期世界　に侵攻することはできません
【階層制覇　2】が達成されました　特典　が　追加　されます
レコード　は　121時間11分42秒　です
【総合評価　S　】を獲得しました　特典　が　追加　されます』

ふふふ、笑いが止まらねぇぜ……

予定通り、俺達は2つ目のダンジョンも第1層制覇を達成した。

3日毎に1階層を開放しているペースは、相変わらず異常らしく、総合評価は前回と同様のSだ。

未だに第1層が開放されていないダンジョンは2つ。

人類連合軍（暫定）と泥沼の戦いを繰り広げているダンジョン、かっこいいロボットのダンジョン。

この2つだ。

まず、泥沼戦への介入は出来る限り遠慮したい。

今までも強力だった俺達の戦力が、今回の特典でさらに増強されるのだから、たちまち主力に祭り上げられて戦力を消耗させられるのが目に見えている。

最悪、敵対国家の人間にドサクサ紛れで攻撃されかねない。

となると、残りはロボットのダンジョンだが、正直なところ、こちらも不安要素が沢山ある。

ダンジョンの敵は、十中八九ロボットだ。

そしてロボットは当たり前だが金属でできているだろう。

少なくともダンジョンへ通じる扉の質感はメタリックだった。

こちらのヒト型戦術兵器高嶺華の主兵装が刀である以上、常に斬鉄が求められるのは、彼女の消耗を著しく速めるだろう。

……たぶん。

もしかしたらスパッといくかもしれないけれど、今のところはそのように想定しておこう。

まあ、明日からは魔界の第2層も開放されるのだし、先ほどの2つを飛ばして、第2層に挑戦するのも良いだろう。

幸い今回の報酬で資金が200億ほど増えることになるし、消耗してしまったポーションや新たな装備も余裕で購入できる。

敵が意図的に隠れていたせいか、索敵マップに反応しなかったボス天使との戦い。

あの戦いで割れてしまった大量のポーション、高嶺嬢や俺の装備、従者ロボットの武装など、補充すべき物資がそれなりに出てしまっている。

幸い日本の資源状況には余裕が出てきたみたいだし、明日は補給と休息に集中して、新しい世界を覗き見するくらいで良いのかもしれない。

俺は明日の予定を軽く考えて、得られた特典を確認するために二人分の端末を操作するのだった。

高嶺嬢は桃缶食ってさっさと寝た。

きっと泣き疲れちゃったんだね。

『特典　を獲得しました
上野群馬　は　スキルポイント　20　を獲得しました
上野群馬　は　ステータス　が　向上　しました
特典　を獲得しました　貢献度　に応じた　特典　が　割り振られます
上野群馬　に　42式無人偵察機システム　の　貢献度　が移譲されました
上野群馬　に　美少女　美少年　の　貢献度　が移譲されました
上野群馬　は　スキルポイント　30　を獲得しました
上野群馬　は　新たな従者　を獲得しました』
『上野群馬　男　20歳

状態　肉体：消耗　精神：疲弊
ＨＰ　４／９　ＭＰ　22　ＳＰ　４／14
筋力　11　知能　17
耐久　９　精神　17
敏捷　11　魅力　11
幸運　19
スキル
索敵　43
目星　10
聞き耳　28
捜索　25
精神分析　10
鑑定　10
耐魔力　５』
『特典　を獲得しました
高嶺華　は　スキルポイント　20　を獲得しました
高嶺華　は　ステータス　が　向上　しました

特典　を獲得しました　貢献度　に応じた　特典　が　割り振られます
高嶺華　は　スキルポイント　１００　を獲得しました』

『高嶺華　女　20歳
状態　肉体：健康　精神：消耗
ＨＰ　23／26　ＭＰ　１／２　ＳＰ　26
筋力　28　知能　２
耐久　26　精神　24
敏捷　30　魅力　19
幸運　４
スキル
直感　55
貴人の肉体　90
貴人の一撃　51
貴人の戦意　60
我が剣を貴方に捧げる　５
装備

戦乙女の聖銀鎧
戦乙女の手甲』

閑話　国内新聞切り抜き集

旭日新聞　２０４５年5月15日　朝刊

『政府発表　我が国孤立の危機

今朝の5月15日午前3時頃から、我が国の排他的経済水域の境界部にて虹色の膜のようなものが発生し、膜の外部との往来が一切遮断されるという事態が発生した。

これを受け各地の空港や港湾では、航空機と船舶が出国できず立ち往生する事態が続いている。出国ロビーには出発を待つ人々でごった返しになる事態にもなっている。

外部との遮断は交通面だけでなく、通信面にも影響を及ぼしており、海外ネットワークとのリンクは未だに回復の兆しを見せていない。

一部のＷＥＢサービスでは、海外に設置してあるサーバーとのコネクションが切断されたために、サービスを提供できない事態となっている。

また、国外との輸出入が断たれたことから、工場の操業縮小もしくは停止を急遽決定した企業は5月15日午前7時の時点で374社に上る。（皇国バンク調べ）。

この数字は今後ますます増えていくことが予想される。

政府は今回の事態について、本日正午の会見で公式声明を発表すると通達を出している。

外国為替市場や先物市場は本日の取引中止を発表しており、市場の混乱は時が経つにつれて増すばかりだ。

本日の東証株式市場は荒れ相場になることが予想される。

大方の見通しでは一部の農林・水産業を除いた全般的な業種の株価が大幅に下がる見通しだ。

政府の声明内容は未だ明らかにされていないが、今後の打開策も踏まえた確固たる国家指導を期待したい。』

Ｍｙ日新聞　２０４５年５月16日　朝刊

『開戦　前代未聞の異世界戦争

昨日正午に行われた政府の会見は、日本国民全員に驚天動地の衝撃を与えた。

未だ理論的な概念が存在するだけで観測すらされていない現在我々が存在する次元軸の世界とは異なる世界、通称異世界の存在が明言され、なおかつ、その異世界から一方的な宣戦布告を受けたことは衝撃という言葉すら温いと言わざるを得ない。

政府からの情報公開も少なく、東証株式市場は昨日の取引開始から農林・水産業を除くほぼ全ての銘柄が株価下落に見舞われた。

この歴史的な景気後退は、現在の輸出入断絶が回復の見通しが全く立っておらず、今後は国内に貯蔵してある資源のみで日本国民全員が生き延びなければならないという事実によるものだ。

この事態に見舞われて今日で二日目でしかないのにもかかわらず、多くの企業が急速に人員整理を進めている。

恐らく今回の事態を多くの企業が重く受け止めている証左である。

また、街中のスーパーやコンビニでは早くも買占め対策として、特定商品における購入制限を設けており、今後予想される物資不足への抜本的な対応策が求められる。

各地の地方自治体では休耕地の再利用プロジェクトが次々と立ち上がっており、日本の持久体制の構築が着々と進んでいる。

今回の戦争では世界各国から男女1名ずつ選出された二十歳前後の若者が、探索者という存在となって異世界側が用意したダンジョンを攻略するという特異な形態をとっている。

これは政府発表にあった次元間紛争における調停組織、次元統括管理機構による意向が強く反映された結果だ。

探索者によるダンジョン攻略の結果如何で、所属国に各種資源が供給される仕組みのようだが、その詳細は未だ開示されていない。

いずれにせよ我が国の命運は、探索者として選出された上野群馬氏（20）と高嶺華女史（20）に託されたこととなる。

本日6時から開戦予定となっているが、戦局がいかなる推移を辿るにせよ、我々ができることは二名の活躍を見守ることだけだ。』

産軽新聞　２０４５年5月17日　朝刊

『快調な滑り出し　政府へ相次ぐクレーム
昨日より開戦された今回の戦争、いわゆるダンジョン戦争だが、我が国は初戦から快調な滑り出しを見せた。
しかし次元統括管理機構の手によって、探索者両名の動向が常時国内各地の上空に映し出されたことにより、戦闘中の過激シーンが無修正で放映される事態となっている。

とりわけ内閣総理大臣高嶺重徳の御令孫である高嶺華女史の戦闘シーンには、各所からクレームが政府に対し寄せられている事態となった。

また、昨日の戦闘終盤に見せた上野群馬氏による敵大型個体への至近距離からの狙撃に対し、SNS上で射撃姿勢などに関する多岐にわたる批判が寄せられた。

探索者の両名は小さくない問題を抱えながらも、順調にダンジョン攻略を進めている。

一方、我が国が立たされた状況は刻一刻と悪化しており、各企業の株価は軒並み下落が続く。

有効求人倍率と完全失業者は急激に増加しており、企業による非正規雇用労働者への雇用契約解除が急速に進んでいることが主たる要因だ。

とりわけ製造業全般における工場の操業停止に伴う期間工の契約解除は、全国で数十万人規模の失業者を一夜にして生み出してしまった。

工場の操業再開は見通しが立っておらず、職を失った労働者の再雇用先は決して多くない。

一刻も早い状況改善が求められている。』

協同通信　2045年5月18日　朝刊

『戦争の暗部　残酷な捕虜虐待

日本にとって死活問題だった資源確保の目途が立った喜ばしき日に、我々はダンジョン戦争の凄惨な一面をまざまざと見せつけられた。

異世界側の物資保管用らしき拠点で発見された捕虜の惨状は、銃後の雰囲気であったこの国に戦争の現実を叩きつけることとなった。

我々の世界とは異なる法則、異なる生物が存在する異世界との戦争は、しばしば我々の持つ常識では測れないような事態に直面する。

今回の異世界側による捕虜の処遇についても、それに類する事態なのだろうか。

未来ある若者をあそこまで甚振《いたぶ》る必要は果たしてあったのか。

もしも異世界側の指導者と対話の機会があるのならば是非ともそれを問いたい。

ダンジョンという未知の空間で未確認生命体によって捕虜とされ、生きたまま四肢を捥ぎ取られた挙句、狭い木製の樽の中に閉じ込められる恐怖は如何ほどか。

この場を借りて、人類の為にその貴重な命を奪われた名も知らない一人の未来ある若者に黙祷を捧げる。』

読瓜新聞　2045年5月19日　朝刊

『快挙　階層初攻略

昨日、我が国の探索者である上野群馬氏と高嶺華女史の両名は、世界初となるダンジョンの階層攻略に成功した。

歴史に刻まれるであろう記念すべき快挙に、それを祝うべく各地で久方ぶりに活気づいている。

都内のスーパーでは急遽、階層攻略を祝して海藻類の特売を実施した。

物資不足が叫ばれて以来、実施されることのなかった販売セールが実施された背景には、攻略を祝福するという意味以外にも、攻略が進むにつれてダンジョンから供給され始めた莫大な物資に対する期待もある。

また、他国の探索者との接触も、この事態に見舞われているのが我が国だけではないという実感も得ることができた。

いずれ他国と協調してダンジョン攻略を行う可能性は、攻略が進むにつれて間違いなく起こりうるはずだ。

その際、どのような形で協調するのかは、上野氏の外交手腕に期待するほかない。

齢二十歳の若者にここまでの重責を背負わせている事実は重く受け止めるべきであり、ただ見守ることしかできない我々の無力さを人々は強く実感することになる。』

日軽新聞　コラム欄　夏冬　２０４５年５月20日　朝刊

『手羽先と温泉卵大特集　ドロリと滴る白濁液

手羽先、温泉卵、ドロリ、白濁液。

これを聞いて読者諸氏は何を思い浮かべるだろうか。

少し前なら酒のつまみになりそうな美味しい料理を思い浮かべていたはずだ。

もしかしたら白濁液という単語からいかがわしい妄想を掻き立てられる者もいるかもしれない。

しかし、昨日のダンジョン戦争を観戦していた者達は、前述したそれらとは似ても似つかないグロ画像を思い出すことになっているだろう。

我々日本国民の脳裏に焼き付いたあの光景は、忘れようとしても忘れることなんてできはしない。

聞くところによれば、各地の学校や会社ではあの出来事以降、急に気分が悪くなり早退を申し出た人が少なくない数いたらしい。

連日の戦闘シーンにより耐性がつきつつある中での衝撃は、ＳＮＳ上で温泉卵事件として深い傷痕を残したそうな。

開戦初日の高嶺ショック以来、人々の情緒に数々の爪痕を刻んでいる高嶺女史だが、今回は相手の見た目が人間と大差ないことも有って、とてつもない衝撃を我々に与えてくれた。

あれをいつも間近で見せつけられている上野氏には同情せざるを得ない。

しかし、その上野氏にしても、高嶺女史の陰に隠れて中々凄いことをしていると思うのは筆者だけだろうか』

旭日新聞　コラム欄　天声珍語　２０４５年5月21日　夕刊

『連勝の油断と少女の慟哭

開戦以来連戦連勝。

人類初のダンジョンにおける階層攻略成功。

日産１０００万ｔの資源を祖国に供給。

再度、単独での階層攻略成功。

その輝かしい戦歴は国民に活力と余裕を、国家に威厳と国益を与えた。

しかし、その成果を出した上野氏と高嶺女史の両名には、果たして度重なる連戦連勝による驕りはなかったのか。

本日の敵司令官個体との交戦時、敵個体の攻撃により我が国の探索者は両名とも戦闘不能の状態にまで追い込まれ、その生命を失う瀬戸際にまで陥ってしまった。

開戦以来初となる両名の危機は、それまでどこか楽観的な雰囲気に支配されていた人々に冷や水を浴びせた。

探索者といえど人である。

無敵の存在などありえず、不運が重なれば呆気なくその命を散らすのだ。

上野氏と高嶺女史には今回の件を教訓としてもらい、一層の慎重さをもってダンジョン戦争に臨んでもらいたい。

話は変わるが、上野氏の特典である美少年と美少女のロボットについて、一部の人権団体が差別を助長するため額の文字を削除するべし、などという主張を行っている話を耳にした。

筆者としては、額部分に何が書いていようと何の変化も無いのだから、どちらでも良いじゃないのと思ってしまう。

正直なところ、どうでも良いと筆者は思う。

そんな無駄な主張をするくらいなら、他にやるべきことがあるのではないだろうか。』

第二十四話　人類同盟とロシア派閥

ダンジョン探索7日目、いつも通りギルドにて本日のミッションをチェックしようとした時、それは表示された。

『高度魔法世界　において　第1層の開放　が達成されました
【アメリカ合衆国　中華民国　福建共和国　インド　イギリス　ドイツ連邦共和国　フランス共和国……詳細】　が達成しました

3日間　高度魔法世界　に侵攻することはできません
【階層制覇　1　】が達成されました　達成者には　特典　が　追加　されます
レコード　は　125時間6分53秒　です
【総合評価　A　】を獲得しました　特典　が　追加　されます』

どうやら人類連合は遂にダンジョン攻略に成功したようだ。

それは結構なことなのだけど達成国の詳細を見ると、見事に第三次世界大戦での同盟国陣営の国々が名を連ねていた。

同盟国陣営の主要国家で名前が入っていない国なんて日本くらいだ。

こんな状況でも政治に縛られるとは、全くもってご苦労なことである。

そして今更だが、他国の攻略情報が全ての国に通達されることを知った。

つまりは、現時点で俺達チーム日本が、２つのダンジョンの１階層を攻略していることは、他国にも筒抜けだったという訳だ。

いや、筒抜けどころか、盛大に主張していたのか。

うん、これはまずい状況だ。

見事に日本ただ一国が目立っている。

他の並み居る超大国、地域覇権国家、列強を差し置いて目立ち過ぎてしまっている。

絶対に政治的なパワーゲームに巻き込まれるよ、これ。

いつの間にやらグレートゲームに見事プレーヤーデビューを果たしてしまったらしい。

まあ、元々日本は西太平洋の地域覇権国家だし、元からグレートゲームのプレーヤーではあるのだけど。

グレートゲーム、列強諸国間の覇権争いなんて厄ネタ過ぎて関わり合いを拒絶したい気持ちしかないのだが、魔界と末期世界の攻略情報がバレていることを考えると強制的にゲーム盤の席につかされることだろう。

高度魔法世界の第1層に攻め込んでいた連中が、同盟国陣営だったとすると、それと対になる連合国陣営もまた、纏まっていると考えるのが自然だろう。

俺達が攻略した魔界と末期世界が過疎っていたことから、おそらくはカッコいいロボットのダンジョンに彼らはいるはずだ。

この後の同盟国陣営、仮称人類同盟の動向として考えられる選択肢は3つ。

泥沼の戦況だったことから、戦力を整えるための休息。

今日から開放される魔界第2層への侵攻。

連合国陣営がいると思われるロボットダンジョンへの侵攻。

この3つだ。

こちらとしては休息してくれるのが一番ありがたい。

まあ、階層攻略による特典のことを考えると、人類同盟がまごつく可能性は低そうだが。

「ぐんまちゃぁん、早くダンジョンに行かないんですか？」

俺が現状を考えていると、焦れたのか高嶺嬢が急かしてくる。

腐っても総理大臣の孫なのだから、もう少し現状をしっかり考えてほしいな。

俺は何も分かってなさそうな目の前の知能2に現状を説明してやった。

「へー、色々あるんですね！」

第三次大戦が終結し20年近く経過しても埋まらない参戦国間の対立を、色々で済ませた高嶺嬢は、俺の腕を掴んで無理やりダンジョンに引き摺っていった。

やれやれ、これだから知能2は。


そんなこんなで、やってきましたロボットダンジョン！

他の3つのダンジョンと比べて1つだけ画風の違うロボットダンジョンの扉の先は、オフィスビルのエントランスのような場所だった。

見た目は都心の大型オフィスビルのものと特に違いはなく、黒を基調とした大理石パネル張りの威厳と重厚感あふれる空間だ。

吹き抜け構造の巨大なエントランス空間には、高層階へ続く大小のエレベーターが壁際に並んでおり、ソファーや観葉植物などもセンス良く配置されていた。

それら一つ一つのサイズ感は巨大ではあるものの、予想以上に普通の光景だ。

もうちょっと金属が剥き出しのメカメカしいものを想像していた俺は、予想外の平凡な光景にやや肩透かしを食らってしまう。

そして、当初想定していた通り、このダンジョンには先客がいた。

「おや、誰かと思えば快進撃を続ける日本じゃないか」

エントランスの中央部にある大量の軍事物資、そこに屯《たむろ》していた集団。

その中から一人、強い知性を感じる鋭い眼つきが特徴的な、金髪青眼の青年が歩み出てきた。

この集団のリーダーであることがありありと感じさせるボス猿感を醸し出している。

話す言語は、もちろん英語だ。

「初めまして、俺はアレクセイ・アンドーレエヴィチ・ヤメロスキー、ロシア人だよ」

そう言って手を差し出す彼には、今のところ敵対的な様子は窺えない。

態度には少々傲慢さが見受けられるが、ロシア人って元からそんな感じだし悪意は無いのだろう。

「こちらこそ初めまして、アレクセイ。俺の名前は上野群馬《こうずけともめ》、彼女は高嶺華《たかみねはな》。お察しの通り日本人だ」

お互い握手を交わしながら、相手の様子を探る。

同盟国側じゃないよね？

アレクセイの目が雄弁にその言葉を語っていた。

第三陣営だよー。

俺がその意思を見せると、彼はあからさまにホッとする。

「トモメ達はこのダンジョン初めてだろ？　良ければ俺が概要を大まかに説明してやろう」

アレクセイは友好的な雰囲気を醸し出そうと精一杯の柔らかい笑みを浮かべようとしていた。

努力は認めよう。

しかし悲しいかな、生来の鋭い眼つきのお陰で腹に一物を抱えていそうな暗黒笑顔となっている。

だけどアレクセイの提案は渡りに船だ。

完全な善意の提案ではないのだろうが、それでも事前情報はありがたい。

ロシア人にしては珍しく気が利いているじゃないか。

その後、アレクセイの話によると、このダンジョンのモンスターは案の定、扉に意匠されていたロボットだったらしい。

ロボット達の武装は剣が主で、時々素手であり想像していたような現代兵器や未来兵器は、現状では装備していないようだ。

しかし、ロボットは大きさが10ｍほどと、人間の5倍ほどの体格を有しているので、現代兵器で武装していても苦戦は免れない。

全高10ｍの鉄塊に直径わずか数㎜の小銃弾をいくら撃っても意味が無いことは、実際にやらなくとも容易に想像がつく。

アレクセイの後ろに積まれている物資、その中にある大量の携帯型対戦車ミサイルと対戦車地雷が、このダンジョンでどのような戦闘が行われているのかを、彼以上に雄弁に語っていた。

最低でも装甲車並、もしかしたらＭＢＴ（Main　Battle　Tank：主力戦車）クラスの装甲を敵のロボットは持ち合わせているということか。

俺の手持ちの戦力は、ヒト型戦術兵器1人、重火器装備の従者ロボット6体、無人機36機。

もしも他ダンジョンのように、数百体の敵が現れた場合、火力が全く足りていなかった。

従者ロボットに大口径対物ライフルを装備させたとしても、焼け石に水だ。

そもそも敵が装甲車程度の装甲だったら対物ライフルでも対抗可能だが、ＭＢＴクラスの装甲だったら対物ライフルといえどゴム鉄砲と大して変わらないレベルにまで成り下がってしまう。

ヒト型戦術兵器ならイケそうだが、流石に刀一本で10m級の鉄塊を相手にするのは骨が折れるだろう。

「見たところ日本の戦力は充実してそうだけど、流石に単独での探索は無謀じゃないのか？　このダンジョンは他と違って敵モンスターの脅威度が桁違いに高い。生身のモンスターと同じように見ているると、いくら2つの階層を単独で攻略した日本といえども、万が一もあり得るぞ」

俺と同様、アレクセイも俺達の戦力を観察していたのだろう。

現状の戦力では火力不足であることを見抜いてきた。

彼は高嶺嬢の戦闘力を知らないから、そんなことが言えるんだろうね。

まあ、実際問題、俺だって刀と対物ライフル抱えた集団が、これから体高10mの鉄塊を倒しに行くと言っていたら止めたと思う。

そして続くアレクセイの言葉は、手を組もうぜ、か。

無理無理。

絶対に人類同盟とのグレートゲームに巻き込まれちゃうよ。

もう巻き込まれているどころか、堂々とプレーヤーデビューしちゃっている事実は置いておくとして、それでも波風立たせずにひっそりしていたいんだ。

俺は彼の誘いをパパっと断って、ダンジョン探索に乗り出した。

悪いなアレクセイ、今日のノルマは各種魔石100個なんだ。

馴れ合っている暇はないんだよ!!

第二十五話　内輪揉め

壁、天井、受付のテーブル、椅子、何らかのスイッチ。

一つ一つはどこにでもあるありふれたもの。

しかし、このダンジョン内ではそのどれもが酷く巨大なものとなる。

俺達人間ではなく、体高10ｍの巨大な金属生命体が使用することを念頭に置かれた近代オフィスは、まるで自分が小人になってしまったのかと錯覚させられる。

いや、実際に、このダンジョンの住人にとっては、正しく俺達は巨人の国に紛れ込んだ小人なのだろう。

俺達チーム日本は安全地帯として設定された1階のエントランスから、大型エレベーターで攻略中の前線である8階までやってきていた。

36機の42式無人偵察機システムがダンジョン内を哨戒しているが、その広さゆえに、中々哨戒範囲を広げることができていない。

ちょっとした個室でも下手な体育館程度の広さがあるのだから、ダンジョン内の哨戒に時間がかかるのも当然だ。

末期世界第1層攻略により、新たに2体加わって計6体となった従者ロボは、28式6・8㎜小銃を手に持ちながら周囲を警戒している。

人間と比較し5倍スケールの金属生命体にとって、如何に28式小銃といえども、どれだけの火力を発揮できるかは未知数だ。

いや、むしろほとんど期待できない。

例え、12・7㎜重機関銃を装備していても、十分とは言えないんじゃないか？

念のために持ってきていた大口径対物ライフルを背中に担いでいるけれど、体高10ｍのロボットと戦うにしては軽装と言わざるを得ない。

やはりアレクセイ達と距離をとるためとは言え、装備変更もせずにダンジョン探索に向かったのは失敗だったな。

最新の大口径対物ライフル、口径30㎜の対物ライフルでも、体高10ｍの鉄塊相手にどれだけの効果を発揮できるかは分からない。

高嶺嬢の持つ刀は、刃渡り１２０㎝の大太刀だが、巨大な機械にとってはちょっと長い針みたいなものだろう。

物語の中で一寸法師は大活躍をしていたが、現実ではデコピン一発で即退場だ。

未だに会敵していないが、もしかするとこのダンジョンは、今の俺達とかなり相性が悪いのかもしれないな。

ふと俺は武器屋に戦車と戦闘機が売っていたことを思い出す。

ダンジョンの広さを考えても、大型兵器の運用に支障はないはず。

通路の幅は戦車が余裕をもってすれ違える程度には広い。

いや、操縦方法知らなかったわ。

そこまで考えたところで、無人機が敵らしきものを見つけたようだ。

しかし、次の瞬間には、無人機ごと敵らしき反応が消失した。

撃墜されたね、これは。

機械生命体にとって、電波ステルスと全環境型迷彩システムは、脅威足り得なかったらしい。

どうやら本当に俺達とは相性が悪いみたいだ。

そして、無人機を見つけたことで敵が活発化したようで、いくつかの無人機が次々にロストする。

急いで無人機を呼び戻すも、僅かな時間で全体の6分の1……6機がやられてしまった。

「なあ高嶺嬢」

「なんですか、ぐんまちゃん？」

「今回は苦戦するかもしれないな」

流石にこのダンジョンでは、今まで同様に無暗に突っ込んで敵を蹂躙という訳にはいかない。

未だ索敵段階といえど、敵の脅威度が他3つのダンジョンと比べて明らかに高い。

俺の警告に高嶺嬢は、可愛らしい力こぶを作ることで返した。

「大丈夫ですよ、どんな敵が来ても私がやっつけちゃいますから！」

朗らかに笑う高嶺嬢を見ても、俺の不安が晴れることはなかった。

遠くの方から重々しい足音が、僅かな揺れと共に聞こえてくる。

接敵までに残された時間はそう長くはないようだ。

無事に切り抜けられると良いんだが……


俺の目の前には、ガラクタと化した巨大な金属の塊が無数に転がっている。

もはや何の機能も宿していない鉄屑が、数分前までは生命を宿して生き生きと動き回っていたとは到底信じられない。

それらの鉄屑から飛び出ている様々な口径のチューブは無理やり引きちぎられたかのような切断部を晒していた。

そこから流れ出ている黒色のオイルが、白く清潔な床材を汚す。

バチバチと、時折引きちぎられた配線から火花が散るが、その程度では引火しないようだった。

「勝っちゃったねー」

「刈っちゃいましたー！」

実際に戦うまでは厳しい戦いになる空気を醸しちゃいましたが、全て俺の杞憂でした！

体が巨大な分、内蔵する魔石は多いのか、１体の死体から採れる大量の魔石を従者ロボが採取している。

その光景を眺めながら、俺は改めて高嶺嬢の化物っぷりを再認識した。

いやー、つぇぇわ、この娘。

初っ端から12体の巨大機械生命体と相対した時は、無人機を突っ込ませて退却も考えたことが今では良い思い出だ。

アニメや漫画でしか見たことがない巨大ロボを、少女が刀一本で叩き斬っていく光景は圧巻だった。

魔物や天使にしていたみたいに、稼働中の巨大ロボの頭部を片手で引っこ抜いた場面なんて目を疑ったね！

そして予想通り豆鉄砲と化した28式小銃は、もう絶対このダンジョンには持ってこない！

俺達はこのダンジョンでの初戦を快勝で終え、さらなる探索のためにダンジョンのより奥地へと歩みを進めた。


そうしてダンジョンの探索を進めている俺達だが、一つの大きな問題にぶち当たってしまった。

「ぐんまちゃーん……このダンジョン広すぎますよー………」

そう、全てが5倍スケールで造られているので、部屋と部屋を移動するのも一苦労なのだ。

横移動はともかく縦移動は本当にキツイ。

段差一つ乗り越えるのですら、高嶺嬢に抱えて跳んでもらうか、従者ロボに肩車してもらうしかない。

おまけに棚やテーブルの高さが高すぎるせいで、引き出しの中やテーブルの上を調べるのも重労働と化す。

いくら高嶺嬢といえども、高さ5m、10mクラスのテーブルや棚の上に一回の跳躍で飛び乗ることはまだできないため、無人機にロープを引っかけてきてもらって、それを伝ってよじ登ることでしかそこには辿り着くことができない。

正直に言って、人力だけで室内の探索は無茶だ。

まともに探索するとなると高所作業車などの機材が必要なのは明らかだ。

結果、1つの部屋を探索するのに、小さい部屋でも1、2時間は平気でかかってしまう。

そんなこんなでやっとこさ、3つ目の部屋の探索を終えると、エントランスに潜ませていた無人機が異常を感知した。

アレクセイ達の動向を探るために、俺はエントランスに設置されていた大木といっても良い大きさを誇る観葉植物の中に無人偵察機を1機隠しておいたのだ。

これを使って悪いことをしようなんざ考えてないよ。

でも、アレクセイ達の軍事物資はよく燃えそうだな、ってふと思っちゃったんだ。

俺はタブレットを操作して、無人機からの映像を見る。

エントランスには、アレクセイ達とは別の集団が存在していた。

アレクセイ達は、俺と話していた時には存在しなかった戦車やＵＡＶを並べて、もう片方の集団と対峙している。

もう片方の集団は、巨大なロボットや強化装甲歩兵、ＮＩＮＪＡを擁していることから、高度魔法世界第1層を制した人類同盟のようだ。

人類同盟側も特典持ちを含めた各種兵器を前面に出してアレクセイ達に対抗していた。

彼らの様子を見る限り、第三次世界大戦時の同盟と連合の両陣営ではっきり分かれていることが窺い知れる。

一見すると今にも一発やらかしそうな一触即発の雰囲気だ。

しかし、まだお互いに銃を向けてはいないようなので、こんな状況で争うほど切羽詰まった険悪な関係ではないと思う。

両陣営は、アレクセイと赤髪の女が代表で話し合っているようだが、話し合いはなかなか荒れているようだ。

見たところ、女が何かを訴えているものの、アレクセイの方が素っ気なく断っているように見える。

人類同盟は共闘を申し込んでいるのかな？

だけどそれに対する反応はあまり宜しくないようだ。

そして、そんな話し合いを見ている人類同盟側が、やや殺気立っているご様子。

アレクセイ達連合側、仮称国際連合は、同盟側程ではないが、相手の殺気を感じ取ってこちらも殺伐としはじめていた。

「こりゃあ、人類同士でも戦争あるかもな」

こんな状況なのだから、もう少し仲良くできないものかねー。

まあ、無理か。

人類の危機で仲良くなれたら、第三次大戦なんてそもそも起こってすらいないだろう。

「この隙に私達が利益を掠め取っちゃいましょー！」

高嶺嬢からあからさまな漁夫の利発言が飛び出した。

知能2にしては珍しく冴えた発言だ。

確かに第三次大戦の時、我らが祖国日本は平和憲法を名目に同盟と連合の両陣営を、立場を明確にしないままのらりくらりと彷徨った。

その挙句、戦争で工業地帯が壊滅した各国に対し、膨大な物資を人道支援という名目でどちらにも輸出し、莫大な利益を稼ぎ出していたな。

そして戦争後半に憲法を改正して、同盟側に加入、艦隊戦力が壊滅した中露を圧倒的な海軍力で蹂躙していた。

過去の歴史を思い出していると、人類同盟と国際連合の話し合いは決裂したらしく、お互いに武器を向けあって、臨戦態勢に入っていた。

世界大戦前夜って感じだね。

人類終了までのカウントダウンがスタートしてそうだ。

うん、ダンジョン探索どころじゃねぇな。

俺は顛末を見届けないまま、タブレットの画面を切り替えた。

「よし、ダンジョン探索を続けるぞ！」

「おー！」

第二十六話　私の朝

血走った眼光、剥き出しの牙、睨み殺さんばかりの凶相。

『ガアアァァァァァァ』

緑肌の醜悪な怪物、ゴブリンが私の喉笛を噛み千切ろうと、大口を開けて飛び掛かってくる。
雑な攻撃、私には届かない。
ゴブリンは私に掠ることもできず、首を斬り落とされた。

――上――

『悪魔めぇぇぇぇぇぇ』

直感に従い頭上を見上げるのと同時に、脳裏に直接響く強烈な憎悪。
3対の翼をもつ天使が、槍の切先ごと急降下してくる。

遅すぎる、私に届く訳がない。

天使の身命を賭した一撃は、槍諸共斬り捨てられることで呆気なく地面に墜ちた。


『ギギギギギィィィィィ』


耳障りな金属音とともに、大きいだけの木偶《でく》が私に巨大な剣を叩きつけようとしていた。

頭部にある二つの赤い光は、私に向けて強烈に光っている。

単調、私に届くはずがない。

ただ地面を叩き割っただけの剣は、持ち主が達磨になったことで、主同様のガラクタとなった。

周囲には敵の残骸が転がり、動くものはもういない。

私が振り返ると、男の子が苦笑いを浮かべていた。

見たこともないこの場所で、いつも一緒にいるたった1人の同胞、仲間、相棒。

彼の姿を見ると、心が安心感に包まれる。

いつも通り、私は勝ちましたよー！

私が駆け寄った途端、彼は蜃気楼のように消えてしまった。

どこ、どこ、どこ、どこにいるの？

彼の姿を捜しても、辺りには残骸が転がっているだけ。

心が急激に冷え込んだ。

どことも知れない場所で、私は独りぼっち。
狂ってしまいそうになるほどの、絶望的な孤独感が私を侵食する。
襲ってくる衝動のまま、思いきり叫び続けても、現状は何も変わらない。
視界がだんだん朱く染まる。
朱、朱、朱。
朱で埋め尽くされる視界の中、血に飢えた獣のように、闘いの狂騒が心を満たす。
体が血を求めている。
耳が敵の断末魔を恋しがっている。
心が敵の蹂躙を欲している。

あああぁぁぁぁぁぁぁぁぁぁぁぁぁ。

狂った私の前に、いつの間にか一抱えもある樽が置かれていた。

——開けるな!!——

直感が強烈な警鐘を鳴らす。
でも既に狂っている体が、勝手に樽を叩き割った。

朱黒い液体で満たされた樽の中から、大きな塊が転がり落ちる。

「……ぁ……あ………た、か……み…ね…………」

彼がポッカリと開いた二つの伽藍洞を私に向ける。

いや。

彼の体から零れ落ちるモノは、私にとって見慣れたモノ。

いやぁ。

彼は苦しそうに、私の名前を呼ぶだけ。

いや、いや、いやぁ、いやあああぁぁぁぁぁぁぁぁぁ!!!

――夢――

私の朝は、どうしようもない絶望と、直感に教えられる安堵感で始まる。

「はぁ、はぁ、はぁ……」

荒い息を、ゆっくりと落ち着かせる。

汗がしみ込んだパジャマが、肌に張り付いて気持ち悪い。

目からはポロポロと勝手に涙が出てくる。

「…………しゃわー」

口に出さないと動けない体が恨めしい。

「今日も……最悪…………」

シャワーが全て洗い流してくれたらいいのに。

「ぐぅぅんぅぅまぁぁぁぁちゃぁぁぁぁぁぁん、あぁぁさぁぁでぇぇすぅぅよぉぉぉぉ」

俺の朝は、乙女の呼び声で始まった。

30秒毎に鳴り響く人力アラームをBGMに、手早く身支度を整える。

髭を剃ってから着込むのは、上下の野戦服。

歯磨きや装甲服などを着込むのは、朝食後に行うのが俺の定番だ。

「おはよう高嶺嬢、今日も素敵な朝だな」

扉を開ければ、そこにはいつも通り、朝から元気な高嶺嬢。

相変わらず、戦闘前は詐欺のように清純派美少女だ。

片手にお玉を持ったさりげない女子力アピールが、とてつもないあざとさを醸し出す。

数日前までは抜身の刀を持っていたくせにね。

「ぐんまちゃん、おはようございます！

朝ご飯、出来てますよ！」

そう言って、高嶺嬢はニコリと笑った。

君はいつも溌溂《はつらつ》としているね。

悩みは無いのかい？

無いんだろうね。

高嶺嬢を伴って食堂に行くと、既に従者ロボ6体が席についていた。

「おはよう」

俺の挨拶に、従者ロボは一礼で返す。

いつのまにやら食事を摂るようになった彼らの前にも、俺達と同様の朝食が用意されている。

彼らを見るたびに、かがくのちからってすげー、って思う今日この頃。

食前の挨拶をし、高嶺嬢お手製の完璧な和風朝食に手を付けた。

ふむ、今日の主菜はアジの干物か。

旨味がしっかりと閉じ込められるように焼き上げられた干物。

口の中で凝縮された旨味が溢れ出す様は、正に味の玉手箱やー。

アジだけに！


「ねえ、ぐんまちゃん」

ひたすら無心で箸を進めていると、高嶺嬢が不意に話しかけてきた。

珍しいな。

彼女は朝食の席で口数が多い方じゃない。

むしろ朝食中は無言を貫く、俺と同じ黙食スタイルのはずだ。

「お味はどうですか？」

続けて出てきた言葉は、なんてことのない、ただ朝食の感想を求められただけだった。

いつも食後にちゃんと伝えているのだけど、それでは足りなかったのか？

これからは食事中もこまめに言った方が良いのだろうか？

「いつも通り美味しいよ。正直なところ、君が作ってくれる食事が一日の楽しみになってきている」

俺がそう言うと、高嶺嬢はニヘラ、と表情を崩した。

「ぅんふふ、お上手ですね、ぐんまちゃん」

いつもそうだが、彼女の考えていることがいまいち分からないなー。

まあ、いいか。

第二十七話　第1層開放

ダンジョン探索8日目、ようやく初めの1週間が終わり、2週間目に突入した。

まだこの事態が始まって1週間しか経っていないことに驚けば良いのか、1週間も経ってしまっていることを嘆けば良いのか。

昨日今日とロボットダンジョンを探索したが、主要国を中心とした人類同盟とロシアが率いる国際連合の対立は深まるばかりで、修復する兆しは見せない。

流石に初日のようなお互いに銃口を向けあう事態は回避できているものの、ダンジョンのエントランスは常にピリピリと肌がひきつるような緊張感に包まれている。

そのせいで、お互いへの警戒に人員を割き過ぎてしまい、彼らのダンジョン探索はお世辞にも順調とは言い難かった。

そして、その陰に隠れるようにして、第三次大戦に参戦しなかった第三世界の連中が蠢いている。

彼らは各国間で連携することはないものの、二大派閥の裏をかくように魔界第二層とロボットダンジョンの両方の攻略をゆっくりと、しかし確実に進めていた。

その筆頭がなんとあのスウェーデン、アルフとシーラのコンビだというのだから驚いたものだ。

最初の頃はありとあらゆる穴から液体を垂れ流していたというのに。

ブートキャンプで少し鍛えすぎちゃったかな？

このような混迷を極める情勢の中、本日から解禁される端末からのミッションがどのような影響を与えるのかは、全くの未知数だ。

一定数存在する他国の親日家に聞いたところ、２週間目からギルドの依頼は他国のものでも閲覧、受諾ができるようになったらしい。

つまり、魔石の収集などは問題ないが、他国への妨害活動などの後ろ暗いミッションは、ギルドのミッションとして発令できなくなったわけだ。

そしてギルドミッションを通じて、他国の様々な事情が流出する中、大戦の傷痕が未だに癒えず険悪な国々による代理戦争やあからさまな妨害が始まりかねなかった。

特に俺の祖国から依頼される膨大な資源収集ミッションは、他国にいらん勘違いを与えかねない。

くだらない思惑で探索の妨害をされてはかなわないし、いくら高嶺嬢でも人殺しは躊躇うはずだ。

……躊躇うよね？

躊躇うことを信じるよ……

そこで、俺は考えた。

二大派閥間で抗争が起こらず、敵国からも探索の妨害が行われず、俺達のダンジョン探索がすんなり進む方法を。

そして、思いついた。

そうだ、ボスを倒しちまおう！

そんなこんなで現在、俺達は新品の戦車でオフィスビル最上階の通路を爆走していた。

俺達が乗っている戦車、23式戦車は、都市戦を想定された軽量な10式戦車と打って変わって、大陸での運用を想定した紛うことなき重量級戦車だ。

重量44ｔの10式戦車に対し、23式は当時の世界で主力戦車としては最も重い72ｔ。

国内のあらゆる道路で通行拒否される潔い仕様となっている。

『ギィィィィィ』

哀れにも俺達の前に飛び出してしまったロボットが、時速80㎞で爆走する72ｔの鉄塊に轢き殺されてしまった。

危ないなー、間違いなく今の俺は危険運転だ。

俺はさらに速度を上げた。

「ヘイヘーイ、飛ばし過ぎですよー！」

レッドゾーンまで一気にフケるこの音この陶酔感!!

死ぬほどイイぜ、たまんねえっ!!

意外と簡単だった戦車の操縦を、５分で習得した俺が駆る鉄の軍馬。

狭い車内には、押し込まれるように操縦手の俺、砲手の美少女1号、トリガーハッピーの如く車載機銃を乱射している高嶺嬢がいる。

他の従者ロボ５体は、車体後方の荷物置き用の籠に入っていた。

幾多の歩行者を踏み潰し、目の前に迫る直角カーブ。

しかし俺は、速度を緩めない。

「ちょっと、ぐんまちゃん！　前！　前!!　前！！！」

こちとら、走り屋の本場、群馬県民じゃー！

今の気分はすっかり豆腐屋の息子だぁ。

頭文字はDじゃないけど、いろは坂のサルとは格が違うんだよぉ!!

俺の23式は曲がる!!

キャタピラの擦れるすさまじい金属音。

耳を劈くようなその音を鳴り響かせながら、カーブを曲がり切った。

「キャァァァ！　ぐんまちゃぁぁぁぁぁん!!」

しかしカーブの先には、戦車の爆音を聞きつけたのか、車線上にロボットの一団が現れた。

ざっと見ても１００はいやがる。

美少女1号が40口径１５５㎜戦車砲を連射するが、流石に蹴散らしきれない。

「私が殺りますから！　私が降りて殺りますからぁぁぁぁぁ！」

だけど、俺の23式が、行けると教えてくれる……！

アドレナリンどっぱどぱだ!!


「……見えた！」

１００を超える敵を蹂躙して、遂に俺達はボスらしき敵がいそうな高級そうな扉を目にした。

「目標前方の扉、弾種徹甲弾！」

俺の指示と同時に、美少女1号がタッチパネルで弾種を変更する。

「てぇっー！」

掛け声と同時に、轟音が車内に轟いた。

続けて数発、轟音が連続する。

撃ち終わった時、前方のドアには、戦車が通れそうな破孔が生じていた。

「しゃぁあああ!!」

俺はスピードを緩めることなく、破孔を潜り抜け、突然の事態に驚き、棒立ちしている豪奢なロボットに突撃かました!


『ギギギギギギギギ』


金属同士が擦れ合う酷く耳障りな音と共に、倒れこむロボットの上に重さ72ｔの23式が乗り上げる。

「オラオラオラァ!　これが群馬伝統の蹂躙攻撃じゃぁぁぁぁぁぁ!!」

「ヘイヘーイ、もっと断末魔を上げてみなさいよー!!」

高嶺嬢も良い感じに温まってきたようだ!

いいね!!


『ギィィィィィ!!』


高嶺嬢の要望に応えたのか、なんだか良く分からない断末魔をボスロボットが響かせる。

「分かんねぇよぉぉぉ、何言ってるのかわっかんねぇぇぇよぉぉぉぉぉぉ!!」

「日本語話せやー、木偶野郎がー」

「いやー、苦しい戦いでしたねー」

「そうだな」

冷静になった俺達が、戦車から降りて目にしたのは、キャタピラの跡がハッキリと残ったまま機能を停止したロボットの残骸。

ボスロボットといえど重量70ｔ超えの質量には無力だったことを雄弁に語っていた。

物言わぬバラバラの鉄屑と化したダンジョンのボスだった物を見ながら、ふと、端末のミッションを確認し忘れていたことに気づく。

『ミッション　【技術情報の収集】
敵ロボットの部品をできる限り収集してください
報酬：２００億円
依頼主：日本国国防省技術研究本部本部長　高橋博信
コメント：他国には内緒だよっ！』

俺は無言で目の前の残骸を拾い集めた。

しかし残念、鉄の塊は重すぎて俺には持ち上げられない。
仕方ないので高嶺嬢に機能性が残っていそうな残骸を拾ってもらう。
帰り道でも魔石回収ついでに、轢き逃げしたロボット兵だった物でも拾ってもらおう。

『ミッション【機械帝国 第1層の開放】成功
報酬 道具屋 武器屋 防具屋 の 新商品 が 開放 されました』
『機械帝国 において 第1層の開放 が達成されたので 第2層 が開放されます
3日間 機械帝国 に侵攻することはできません
【階層制覇 3】が達成されました 特典 が 追加 されます
レコード は 182時間53分19秒 です
【総合評価 B 】を獲得しました 特典 が 追加 されます』
『全てのダンジョンの 第1層 が開放されました
全ての探索者 は 母国 との 通信 が 10分間 許可されます』

機械帝国　第一層　純友不動産シンジュク＝グランド・タワー
日本　　　攻略完了

閑話　ないかくのゆかいななかまたち！

2045年5月15日　日本国第113代内閣総理大臣　高嶺重徳

今日はおそらく建国史上最悪の日となるだろう。

現在、我が国の周囲には、薄く虹色に輝く力場が発生しており、力場の内外との通信や物理的干渉の一切を遮断されている。

国外との断絶は、無資源国の日本にとって、絶望的な状況を意味する。

この力場が消滅しない限り、半年以内に第三次大戦以来膨れ上がったままの国内産業は、材料の輸入先と製品の輸出先の両方を失って壊滅。

備蓄していた石油、天然ガスは1年で底を突き、食料も持つのは2年までだろう。

そこから先は、飢餓地獄だ。人口が半減しても可笑しくはない。

この世に神がいるのなら、この状況をどうにかしてほしい。

切実にそう願う。


どうやら事態は斜め上の方向に突き進んでいるようだ。

先程、日本中の上空に現れた巨大な映像。

その映像によれば、我々、いや、地球は異世界との戦争に巻き込まれてしまったらしい。

しかし、次元統括管理機構とやらがそれに待ったをかけ、今は各国から代表者を選出して代理戦争を行うようだ。

その勝敗によって、次元侵攻を可能とする圧倒的な文明水準の相手と戦争になるか、撃退になるかが決まる、と映像では説明された。

そして、既に代表者は選ばれてしまった。

次元統括管理機構がランダムで健康な人間の中から、男女を一人ずつ選出したらしく、彼らの身柄は既に次元統括管理機構に確保されてしまっている。

その中には、私の孫娘がいた。

ベッドから忽然と姿を消し、一時期は騒然となったが、次元統括管理機構の発表により、ただの誘拐よりも余程酷い状況に置かれていることが分かった。

本当に、今日は最悪の日だ。

２０４５年5月16日　日本国副総理兼経済産業大臣　安倍晋五郎

今日、遂に代理戦争が始まる。

室内に設置された大型のディスプレイには、未だに眠ったままの男女が映し出されている。

この部屋の中には、総理をはじめとした内閣メンバーがズラリと並び、緊張した面持ちで男女の寝顔を見守っていた。

流れている映像は、家庭のテレビでも受信でき、きっと全国のテレビの前では、この部屋と同じような光景が広がっていることだろう。

国民の誰もが、不安を胸に抱いているはずだ。

特に彼らの家族は如何ほどの気持ちだろうか。

この部屋に特別に招かれた彼らの両親を見ると、お互いの子供のことを話しているようで、気が合いそうで良かった、などと会話が聞こえた。

意外と心配してないようだ。

「まもなく開始時刻になります」

官僚の一人が時計を確認して、代理戦争の開始を告げようとする。

「10、9、8、7、6、5、4、3、2、1。

代理戦争、開始しました」


戦争が、始まった。

それと同時に、総理のお孫さんが飛び起きた。

思わずこぼれたのか、誰かの独り言が聞こえてくる。

「すげぇな、あの娘……」

総理のお孫さん、華ちゃんは迷うこともせず腕の端末を手早く操作すると、突如出現した刀と外套を身に着けて部屋を飛び出していった。

「おいおい、華のやつミッション確認してないぞ」

華ちゃんのお父さん、総理の義息子が娘の行動に突っ込みを入れる。

しかしこの場の声が画面の向こうの華ちゃんに聞こえる訳がない。

華ちゃんは一直線にダンジョンの扉まで駆け抜け、躊躇いもなく扉を開け放ってダンジョンの奥に消えて行った。

「ふふふ、流石は私の娘。溢れ出る戦闘本能が体を突き動かしているのね……」

「ああ、君の若い頃を思い出すよ………」

華ちゃんのお母さんは誇らしげに、お父さんは頭を抱えながら娘の姿を眺めている。

「おっ、群馬君も起きたみたいだぞ」

大臣の一人が声を上げる。

どうやら群馬君も起きたらしい。

華ちゃんの異常さで眩んでしまったが、十分早起きだと思うよ、彼は。

2045年5月16日　日本国財務大臣　麻生太一

二分された画面に映し出される二人の人物は、ダンジョン探索の姿勢において、正反対であると感じられた。

一方はダンジョン内で魔物を片っ端から蹂躙し、もう一方は扉一つ開けるのですら数十分かけている。

「総理、各所から御孫様の映像についてクレームが届いていています」

官僚の報告に、総理と母親はどうしようもない、とばかりに笑っていて、父親の方は顔を手で覆って深いため息を吐くばかりだ。

確かに、我々に言われても手の打ちようがない。

何故なら彼女は、我々のミッションに気づきすらしてくれないのだから。

「群馬君はようやく昼飯を見つけたか」

探索開始数時間、彼はなんとか昼食を見つけたようだ。

このようなペースでは先が思いやられる。

初めての探索だからと、少々甘やかしすぎたか。

「群馬君、ペース遅めだから次のミッションは、ちょっと厳しめでいきますか？」

「いやいや、こんな状況に放り込まれて、初日からそれは可哀そうでしょう」

「ですが、このままでは中々進みませんし……」

外務大臣の菅さんと経済産業大臣の鈴木さんが、今後のミッションについて話している。

まともにダンジョン探索してくれそうなのが群馬君だけなので、必然的に話題の中心は彼のようだ。

しかし、次のミッションを担当する国防大臣の加藤さんは、何故かやる気に満ち溢れている。

どうやら次のミッションは難易度がやや高めになりそうだ。

２０４５年５月18日　厚生労働大臣　田中正栄

「勝っちゃったな」

「勝っちゃいましたね」

３日前、祖国の崩壊を覚悟した悲愴な空気は、今は微塵も感じられなくなった。

それもそうだろう。

３日間、たったそれだけの時間で、彼らはダンジョンの一階層を制覇したのだ。

それも、我が国に数百万ｔの資源をもたらして。

思い返せば、初日の我々はどこか投げやりな気分だったのかもしれない。

自分達がどうあがこうと、何の力にもなれない以上、どうにでもなれ、といった気分だったように思える。

国民の様子も不安を隠しきれないまま、動揺が広がっていた。

しかし、それは日が経つごとに変化していく。

無力感と不安に満ちた国内の雰囲気は、いつの間にか希望と献身にすり替わっていった。

まあ、単身で数百の敵を蹂躙したり、何の情報も知らされてないはずなのに、まるで全て知っていたかのように情報を全て言い当てられたら、誰でも彼らに期待してしまうだろう。

そして、彼らは3日目にして偉業を成し遂げた。

少々血生臭く、未だにPTAや教育関係者からは苦情が絶えないが……

2045年5月23日　国土交通大臣　石破仁志

「はっはっは！　あいつら、またダンジョンを攻略しやがった！」

「いやぁー、流石は我が国の英雄達！　今回も圧勝でしたなー」

戦車に踏み潰された機械生命体の残骸を見ながら、まるでスポーツ観戦で贔屓のチームが勝ったかのように閣僚達が騒いでいる。

おそらく日本中でこのような光景が広がっているのだろう。

風前の灯火だった国内産業は、ぐんまちゃんと高嶺嬢から供給される日産1000万tの資源で息を吹き返した。

各地の工場からは彼らの資金源となる大型旅客機が大量生産され、彼らの手足となる無人機は更なる性能向上を急ピッチで達成されようとしている。

驚くべき低コストで供給される大量の資源、天を衝かんばかりの国民の士気、それに第二次大戦での敗戦から、100年間蓄えられてきた巨大な工業力と世界最高水準の技術力。

それらが合わさった結果、他国と遮断されているにもかかわらず、我が国は大きく飛躍しようとしていた。
様々な権益で凝り固まっていた大国が、熱気と物量で強引に新生を遂げようとしている。
『全てのダンジョンの　第1層　が開放されました
全ての探索者　は　母国　との　通信　が　10分間　許可されます』

第二十八話　日本との会談

ギルドにある大型ディスプレイ。

いつもはミッションが表示されるだけのそれは、今はただ青色の画面が映し出されているだけ。

併設されている酒場の椅子をその前まで持ってきて、それに座って待機している俺と高嶺嬢。

「ねえねえ、ぐんまちゃん。私、どこか可笑しいところないですか？」

しいて言うなら頭かな。

思わず出そうになった本音を押しとどめ、そわそわしている彼女をパッと見る。

シンプルな白のロングワンピースの上に、同色で薄手のケープを羽織っている。

艶がある絹糸のような長く黒い髪とやや釣り目のパッチリした茶色の瞳が、白を基調とする中で、上手く全体のバランスをまとめていた。

すごく……お嬢様です………

完全に清楚なお嬢様と化した高嶺嬢。

普段の状態を知っている身としたら、お前いきなりどうしたんだ、と突っ込みを入れたくなる見た目だ。

この姿だけ見れば、彼女がお嬢様だと一目で分かる。

これから行われる母国との会談。

それに対し、高嶺嬢はやたらと気合の入った格好で臨んでいた。

「大丈夫、どうせ全部見られてるから」

こんな場所でだけ格好を整えても、普段の様子をしっかり見られているのだし、意味ないと思うんだけどなー。

高嶺嬢の隣に腰掛ける俺の格好は、いつも通りの戦闘服だ。

スーツがあれば流石に着てきたのだが、残念ながら俺の手持ちは迷彩柄しか存在しない。

「うー、そういう問題じゃないんですよー」

拗ねるように身をよじらせると、ケープがずれて傷一つない抜けるような白い肌が露になる。

荒事を行うとはとても思えない細く柔らかな手を見ていると、その手でオーガの頭蓋を生きたまま握りつぶした光景が夢だったかに思えるから不思議だ。

「高嶺嬢、そろそろ時間だ」

気づけば、会談まで5分を切っていた。

さて会談では何を話そうか。

基本は、政府側の意向が説明され、俺達の事情と突き合わせた上で、今後の探索方針および他国勢との関係を決めていくことになるだろう。

なにせ向こうは俺達の状況を観測しているのだ。

こちらの事情など手に取るように分かるはず。

俺達からの要望を伝えるとすれば、ダンジョン探索に特化した装備の開発と日本の状況くらいだろうか。

「緊張してきましたよ、ぐんまちゃん！」

高嶺嬢が俺の肩を掴んで、ガクガクと揺さぶってくる。

やめろー、まともに考え事ができなくなる！

「ぐんまちゃーん！　ぐんまちゃーん!!」

緊張で変なテンションになったのか、高嶺嬢が俺の名前を連呼しながら、大きく体を揺すってきやがった。

子供か、お前は……

この姿が政府上層部に放映されていることを考えると、頭が痛くなってくる。

「そろそろ……時間だから……やめて………」

「はーい」

基本的に素直な高嶺嬢は、俺が制止した瞬間、ピタリと揺するのを止める。

しかし、急に体が制止すると、反動で余計に酔ってしまうから、困ったものだ。


「孫娘がごめん」

いつの間にかディスプレイに映っている閣議室。

その中央部に座る影が深く威厳のあるご老人、テレビや新聞で何度も見たことのある内閣総理大臣が、申し訳なさそうに肩身を狭くしていた。

なんとも締まりのない始まりになってしまったな。

「御爺様！」

高嶺嬢が一週間ぶりに顔を見た家族に、表情をほころばせている。

こうして見ると、本当にお嬢様にしか見えないな！

戦闘中のアレは何だったのだろう。

「華ちゃん！　華ちゃんのことはいつもテレビで見ているよ。

よく頑張ってるじゃないか！」

「ふふふ、ありがとうございます！」

祖父と孫が会話に花を咲かせている横で、時間も無いことだし俺は大臣や官僚達と実務的な話を進める。

「現在は、魔石採取を主眼としつつ、同時にダンジョン攻略に関して短期制覇を念頭に置いて進めています」

「現状の方針で問題ありません。資源供給量も日産1000万tを下回らなければ、国内需要は十分に満たされています。ダンジョン探索について、上野さんに全権を委任しますので、安全を第一として今後も探索を行ってください。政府から要望がある場合は、端末ミッションのコメント欄から指示が出されますので、ご確認よろしくお願いします」

官房長官の話を聞く限り、今のところ、俺の探索方針に口を出すことはないらしい。

まあ、後ろ暗い指示を端末経由で出されるかもしれないが……

「他国、とりわけ主要国を中心とした一派とロシア率いる一派との関係ですが、現状では、どちらかに属することなく、どちらとも好意的中立を保ちたいと考えています。派閥に属していない国家に対しては、完全中立の姿勢をとるつもりです」

「現在の政治状況では、その姿勢がベターだろう。ただ、いつまでも中立を貫くことは難しい。探索と並行して苦労をかけるが、常に他国とのチャンネルを開き続け、情勢の把握を継続して行ってほしい。政治情勢についてはこちらも分析を進めていくつもりだ。何かあれば端末ミッションのコメント欄経由で伝えるので、参考にしてほしい。難しいとは思うが、他国との遮断が解けた後を考えると、多数の国々との関係を崩すわけにはいかんのだ。よろしく頼みます」

ふむふむ、第三次世界大戦の時と同じように前半蝙蝠プレイ、後半漁夫の利プレイをすれば良いわけね！

よっしゃ、他国から恨みを買わない程度に、良いところだけ掻っ攫ってやるよ。

へへへ、楽しくなってきたぜ。

「現在の装備に関してですが、42式無人偵察機システムは、機械生命体に対し有効な迷彩機能を搭載していません。おそらく無人偵察機からでる音と熱を探知されたものと考えられます。また、現行の無人機では輸送力に難があります。魔石の回収を円滑に進めるためにも、輸送力に優れる無人機の開発を求めます」

「その点に関しては、君達が送ってくれた機械生命体のパーツを分析して、有効な改良を進めているよ。できれば稼働しているサンプルが欲しいところだけど」

「それは無理です」

冗談は顔だけにしろよ、マッド野郎。

国防省技術研究本部の最高顧問を、思わず睨みつける。

「仕方ないか、輸送型の無人機も開発中だよ。それと、無人機に武器屋で購入した兵装を取り付ける設備を急ピッチで開発してるから。あとでミッションを通して、取り付けたい武装をサンプルとして送ってね」

おお、無人機が武装化できたら、俺達の戦力は飛躍的に高まるはずだ。

それに機械帝国の第1層攻略によって、基本的な重火器が遂に開放されたことも相まって、戦術の幅も広がることだろう。

「ミッション報酬に関しては、引き続きジャンボジェットと無人機関連とします。現在開発中の換金用超々大型旅客機が完成して値段評価がつき次第、そちらを回しますので、後しばらくは現状の収入で回してください」

財務大臣がえらく太っ腹なことを言ってくれた。

今までに政府から送られてきた報酬は、売値だけでも1000億を超える。

売値は元の半額だから、日本側の負担としては、2、3000億にもなるだろう。

たった1週間でそれほどの支出をしているというのに、まだまだガンガン課金してくれるらしい。

資源の代価として考えれば、捨て値同然だろうが、それでも経済大国の面目躍如といったところか。

この後、現在の日本の様子を簡単に説明してもらい、時間はギリギリとなる。

今の日本ってすごい好景気らしいのね。

第三次世界大戦の序盤以来の水準だというのだから、すさまじいものだ。

「あっ、上野君、最後に、君に言いたいことがある」

突然、高嶺嬢と別れを惜しんでいた総理が、俺に話を振った。

大国の国家元首に相応しい威圧感を急に出して、質量すら伴ってそうなほどの眼光を向けてくる。

俺は改めて姿勢を正した。

「君はもう分っているとは思うが、孫はじゃじゃ馬だ。これから君には沢山の迷惑をかけてしまうだろう」

祖父から出た言葉に、隣の高嶺嬢が落ち込んでしょぼくれる。

「資源収集、探索、攻略、部隊運用、君に多くの苦労を掛けてしまうことに大変申し訳なく思う。だが、それでも、孫を頼ってやってくれないか。身内贔屓かもしれないが、とても真っ直ぐに育った娘なんだ。きっと、どんな時でも君に対して誠実で在ってくれるはずだ」

高嶺嬢の様子をちらりと見ると、貶してからの一転しての誉め言葉に、恥ずかしそうにしていながらも、真っ直ぐと画面に映る祖父を見ていた。

「君の進む先は苦難しか待ち受けてないだろう。

だが、それでも、日本を、孫を、よろしく頼みます」

そう締めくくって、総理は深々と頭を下げた。

続くように、閣僚や官僚、画面に映る全ての人達が頭を下げる。

彼らは、俺達に祖国の命運を託したのだ。

「………………はい、頼まれました。任せてくださいよ、俺はともかく、高嶺嬢は最強ですから」

言ってて悲しくなった。

「あ、あと、孫に手を出したら絶対に最後まで責任を取ってもら――――」

最後に勢い良く顔を上げた総理が、何かを言っている途中で通信が切れる。

「…………ぐんまちゃん」

最後の通信内容がばっちり聞こえてしまった高嶺嬢が、体ごとこちらを向いた。

「改めて、これからも、末永く、最後まで、よろしくお願いしますね！」

何とも言えない、どちらの意味にも捉えられることを言ってくれたもんだ。

「うん、まあ、とりあえずこれからもよろしく頼むよ」

俺の言葉に、高嶺嬢は花が咲き誇るかのような笑顔で答えた。

「――――はいっ!!」

こうして、ダンジョンの第1層を終えた俺達は、いよいよ本格的な戦力が投入されるダンジョン第2層の攻略に挑むのであった。

番外編

【2週間目突入】上野群馬君を心配するスレ その137【ダンジョン戦争】

1：　名前：名無しさん　投稿日：2045/05/23（X）XX：XX：XX

突然拉致られた上野群馬君
名前からして生粋のグンマー
あまりのビビりように心配する日本国民
総理御令孫との冒涜的なボーイミーツガール
狙撃スタイルは世界一の殺し屋
僅かなヒントで全てを察する
何気に人間を撃ち殺す
チーム日本の頭脳担当、上野群馬君について、心配しながら語っていきましょう

前スレ【アジは味の】上野群馬君を心配するスレ　その136【玉手箱やー】
http://xxx.xxx.net/bbs/read.cgi/danjon/204505230732/

メインヒロイン（仮）のスレ
【料理上手な】高嶺嬢を愛でるスレ　その142【大和撫子】
http://xxx.xxx.net/bbs/read.cgi/danjon/204505230759/

ヒロイン候補な美少女のスレ
【美少年とは】美少女1号を考察するスレ　26号【色違い】
http://xxx.xxx.net/bbs/read.cgi/danjon/204505230603/

荒らしとカプ厨はスルーしてね

次スレを立てる人は>>960

3：　名前：名無しさん　投稿日：2045/05/23（X）XX：XX：XX
今、ぐんまちゃん何やってんの？

8：　名前：名無しさん　投稿日：2045/05/23（X）XX：XX：XX
売店で戦車買ったよ

11：　名前：名無しさん　投稿日：2045/05/23（X）XX：XX：XX
>>8　字面がすごいな

13：　名前：名無しさん　投稿日：2045/05/23（X）XX：XX：XX
>>8　売店じゃなくて武器屋な

19：　名前：名無しさん　投稿日：2045/05/23（X）XX：XX：XX
ぼくはぐんまちゃん、はじめてせんしゃをかいました！

24：　名前：名無しさん　投稿日：2045/05/23（X）XX：XX：XX
>>19　まあかわいい

28：　名前：名無しさん　投稿日：2045/05/23（X）XX：XX：XX
簡単に14億使ったな

37：　名前：名無しさん　投稿日：2045/05/23（X）XX：XX：XX
10式戦車の値段見て金無いとか言ってたのが懐かしい

115：　名前：名無しさん　投稿日：2045/05/23（X）XX：XX：XX
ぐんまちゃんはさっきから何してるのかな？

119：　名前：名無しさん　投稿日：2045/05/23（X）XX：XX：XX
>>115　５分くらいタブレットをひたすら見てるな

127　名前：名無しさん　投稿日：2045/05/23（X）XX：XX：XX
>>115　>>119　たぶん23式戦車の操作マニュアル見てるんじゃない？

144：　名前：名無しさん　投稿日：2045/05/23（X）XX：XX：XX
>>127　戦車ってマニュアルあったんだ……

152：　名前：名無しさん　投稿日：2045/05/23（X）XX：XX：XX
>>144　そりゃあるさ

173：　名前：名無しさん　投稿日：2045/05/23（X）XX：XX：XX
おつ、もう読み終わったのか

178：　名前：名無しさん　投稿日：2045/05/23（X）XX：XX：XX
いくらなんでも速すぎない？

181：　名前：名無しさん　投稿日：2045/05/23（X）XX：XX：XX
（速読とはいえ）これは無謀ですよ

309：　名前：名無しさん　投稿日：2045/05/23（X）XX：XX：XX
戦車って大きいね

316：　名前：名無しさん　投稿日：2045/05/23（X）XX：XX：XX
はえーしゅごい

325：　名前：名無しさん　投稿日：2045/05/23（X）XX：XX：XX
>>309　大陸での運用を前提とした世界屈指の重戦車ですから……

327：　名前：名無しさん　投稿日：2045/05/23（X）XX：XX：XX
　23式戦車　重量72t　主砲40口径155mm滑空砲　日本が誇る世界最重量クラスの主力戦車。20年以上前に開発された古参兵だが、その圧倒的な巨体は今なお存在感を放つ。国内では北海道くらいでしか運用できない漢仕様。

330：　名前：名無しさん　投稿日：2045/05/23（X）XX：XX：XX
　国内での運用限界を軽く無視する積極的防衛思想

333：　名前：名無しさん　投稿日：2045/05/23（X）XX：XX：XX
　>>330　相手の土地で使うことしか考えてないんだね！

339：　名前：名無しさん　投稿日：2045/05/23（X）XX：XX：XX
　>>327　すごい早口で言ってそう

341：　名前：名無しさん　投稿日：2045/05/23（X）XX：XX：XX
　>>330　防衛とはいったい……

349：　名前：名無しさん　投稿日：2045/05/23（X）XX：XX：XX
　まずは初めての兵器召喚シーンに驚こうぜ

355：　名前：名無しさん　投稿日：2045/05/23（X）XX：XX：XX
　ぐんまちゃん早速乗り込んだね

361：　名前：名無しさん　投稿日：2045/05/23（X）XX：XX：XX
　ちゃんと運転できるかな？

368：　名前：名無しさん　投稿日：2045/05/23（X）XX：XX：XX
　>>355　お友達と家来も乗れるみたいだね！

373：　名前：名無しさん　投稿日：2045/05/23（X）XX：XX：XX
>>368　お友達（ヒト型決戦兵器）と家来（体高２．５ｍ　推定重量２ｔ）

417：　名前：名無しさん　投稿日：2045/05/23（X）XX：XX：XX
欧米VS中露か

422：　名前：名無しさん　投稿日：2045/05/23（X）XX：XX：XX
場所は変われどいつの時代もこの構図は変わらないね

429：　名前：名無しさん　投稿日：2045/05/23（X）XX：XX：XX
やはり人類
争いを止めれぬ蠱毒の種族よ

440：　名前：名無しさん　投稿日：2045/05/23（X）XX：XX：XX
日本もやっぱり欧米側になるのかな

451：　名前：名無しさん　投稿日：2045/05/23（X）XX：XX：XX
>>440　伝統的にはそうだね

460：　名前：名無しさん　投稿日：2045/05/23（X）XX：XX：XX
>>440　中露側につくメリット皆無だしな

471：　名前：名無しさん　投稿日：2045/05/23（X）XX：XX：XX
>>460　中国とか先祖代々の敵国だしな

478：　名前：名無しさん　投稿日：2045/05/23（X）XX：XX：XX
できれば蝙蝠プレイでぬくぬくしたいがそれも無理か

494：　名前：名無しさん　投稿日：2045/05/23（X）XX：XX：XX
>>478　第３次大戦の時が懐かしいね！

609：　名前：名無しさん　投稿日：2045/05/23（X）XX：XX：XX
すげー！
開幕からトップスピードだ！

626：　名前：名無しさん　投稿日：2045/05/23（X）XX：XX：XX
掟破りの４速スタート！

633：　名前：名無しさん　投稿日：2045/05/23（X）XX：XX：XX
グンマーなのにガチガチの名古屋走りじゃん

645：　名前：名無しさん　投稿日：2045/05/23（X）XX：XX：XX
ヤバい　次は90度カーブだ

647：　名前：名無しさん　投稿日：2045/05/23（X）XX：XX：XX
減速しろ

650：　名前：名無しさん　投稿日：2045/05/23（X）XX：XX：XX
ブレーキ！

652：　名前：名無しさん　投稿日：2045/05/23（X）XX：XX：XX
ヤッバ

659：　名前：名無しさん　投稿日：2045/05/23（X）XX：XX：XX
ヤバイヤバイヤバイ

666：　名前：名無しさん　投稿日：2045/05/23（X）XX：XX：XX
事故るぅぅぅぅぅぅ！！？

667：　名前：名無しさん　投稿日：2045/05/23（X）XX：XX：XX
死んだわ　これ

671：　名前：名無しさん　投稿日：2045/05/23（X）XX：XX：XX
嘘でしょ

674：　名前：名無しさん　投稿日：2045/05/23（X）XX：XX：XX
なっ

676：　名前：名無しさん　投稿日：2045/05/23（X）XX：XX：XX
何

679：　名前：名無しさん　投稿日：2045/05/23（X）XX：XX：XX
慣性ドリフト！？

680：　名前：名無しさん　投稿日：2045/05/23（X）XX：XX：XX
ありえん

683：　名前：名無しさん　投稿日：2045/05/23（X）XX：XX：XX
戦車でドリフトって初めて見た

685：　名前：名無しさん　投稿日：2045/05/23（X）XX：XX：XX
なぜそうなる！？

692：　名前：名無しさん　投稿日：2045/05/23（X）XX：XX：XX
戦車ってあんなにヌルヌル動くもんなんですね

699：　名前：名無しさん　投稿日：2045/05/23（X）XX：XX：XX
>>692　ムリムリ

704：　名前：名無しさん　投稿日：2045/05/23（X）XX：XX：XX
>>692　ありえない

711：　名前：名無しさん　投稿日：2045/05/23（X）XX：XX：XX
スピンしながら戦車砲撃ってる！？

714：　名前：名無しさん　投稿日：2045/05/23（X）XX：XX：XX
戦車がスピンすることに驚きなんだが

721：　名前：名無しさん　投稿日：2045/05/23（X）XX：XX：XX
なんでアレで当たるの？

725：　名前：名無しさん　投稿日：2045/05/23（X）XX：XX：XX
重量72tがくねくね曲がることがオカシイ

727：　名前：名無しさん　投稿日：2045/05/23（X）XX：XX：XX
ジャンプしたぞ

731：　名前：名無しさん　投稿日：2045/05/23（X）XX：XX：XX
段差もないのにどうやって！？

748：　名前：名無しさん　投稿日：2045/05/23（X）XX：XX：XX
すげー

750：　名前：名無しさん　投稿日：2045/05/23（X）XX：XX：XX
後ろの敵を後輪で踏みつぶしながら前の敵を戦車砲で殴ってる

755：　名前：名無しさん　投稿日：2045/05/23（X）XX：XX：XX
意味が分からない

759：　名前：名無しさん　投稿日：2045/05/23（X）XX：XX：XX
戦車砲ってそういうふうに使うもんじゃねえから

769：　名前：名無しさん　投稿日：2045/05/23（X）XX：XX：XX
戦車で殴り合いとかイカレてやがる

772：　名前：名無しさん　投稿日：2045/05/23（X）XX：XX：XX
>>769　ガチで殴っていることにひくわ

777：　名前：名無しさん　投稿日：2045/05/23（X）XX：XX：XX
戦車砲（鈍器）

803：　名前：名無しさん　投稿日：2045/05/23（X）XX：XX：XX
なんか豪華そうな扉があるな

819：　名前：名無しさん　投稿日：2045/05/23（X）XX：XX：XX
ついにボス部屋か

828：　名前：名無しさん　投稿日：2045/05/23（X）XX：XX：XX
やっと高嶺嬢の出番か

841：　名前：名無しさん　投稿日：2045/05/23（X）XX：XX：XX
あれ？
戦車砲動いてない？

850：　名前：名無しさん　投稿日：2045/05/23（X）XX：XX：XX
ぶっぱなしたわ

855：　名前：名無しさん　投稿日：2045/05/23（X）XX：XX：XX
めっちゃ撃つやん

869：　名前：名無しさん　投稿日：2045/05/23（X）XX：XX：XX
もう扉ボロボロだよぉ……

876：　名前：名無しさん　投稿日：2045/05/23（X）XX：XX：XX
カチこんだぁぁぁぁぁぁ！！

890：　名前：名無しさん　投稿日：2045/05/23（X）XX：XX：XX
ボス轢いてる！？

902：　名前：名無しさん　投稿日：2045/05/23（X）XX：XX：XX
ボス泣いてない？

915：　名前：名無しさん　投稿日：2045/05/23（X）XX：XX：XX
>>902　そりゃあ泣きたくもなるさ

932：　名前：名無しさん　投稿日：2045/05/23（X）XX：XX：XX
むごい

941：　名前：名無しさん　投稿日：2045/05/23（X）XX：XX：XX
群馬伝統とか言ってるよ

954：　名前：名無しさん　投稿日：2045/05/23（X）XX：XX：XX
>>941　違います　by群馬県民

967：　名前：名無しさん　投稿日：2045/05/23（X）XX：XX：XX
>>941　そうです　byグンマー民

987：　名前：名無しさん　投稿日：2045/05/23（X）XX：XX：XX
ヤバい
スレが終わる

990：　名前：名無しさん　投稿日：2045/05/23（X）XX：XX：XX
クソッ今いいところなのに

992：　名前：名無しさん　投稿日：2045/05/23（X）XX：XX：XX
戦車に乗ってからあっという間だったな

993：　名前：名無しさん　投稿日：2045/05/23（X）XX：XX：XX
戦車で盛り上がり過ぎた

994：　名前：名無しさん　投稿日：2045/05/23（X）XX：XX：XX
やはりグンマーだったな

995：　名前：名無しさん　投稿日：2045/05/23（X）XX：XX：XX
いろは坂のサルとは違うのですよ

996：　名前：名無しさん　投稿日：2045/05/23（X）XX：XX：XX
もしかして豆腐屋の倅だったりしてな

998：　名前：名無しさん　投稿日：2045/05/23（X）XX：XX：XX
>>1000なら高嶺嬢のパンチラ

1000：　名前：名無しさん　投稿日：2045/05/23（X）XX：XX：XX

>>1000なら戦車兵第2ラウンド

【身体は狂気でできている】高嶺嬢を愛でるスレ 44人目【心は豆腐】

1：　名前：名無しさん　投稿日：2045/05/18（X）XX：XX：XX

超絶美少女高嶺華、全国デビュー

なんとビックリ内閣総理大臣御令孫

クールな見た目に反して狂った中身

起きて10秒で初戦闘

戦闘開始2秒で圧勝

頭脳担当とも合流し、敵軍を華麗に蹂躙

人間のグロ死体でメンタルブレイク

日本が誇るヒト型決戦兵器系美少女、高嶺華こと高嶺嬢について、皆で愛でましょう

前スレ【狂戦士の】高嶺嬢を愛でるスレ　43人目【メンタルブレイク】

http://xxx.xxx.net/bbs/read.cgi/danjon/204505180113/

鋼メンタル疑惑が出てきた頭脳担当のスレ

【欠片も動じず】上野群馬君を心配するスレ　その38【射殺決行】

http://xxx.xxx.net/bbs/read.cgi/danjon/204505180330/

高嶺嬢の戦闘能力についての考察スレ

【物理法則】高嶺嬢の戦闘能力についての考察スレ　その29【超越疑惑】

http://xxx.xxx.net/bbs/read.cgi/danjon/204505172352/

高嶺嬢のグロ映像を評価するスレ

【戦闘というより】高嶺嬢の戦闘映像を検証するスレ　その32【蹂躙】

http://xxx.xxx.net/bbs/read.cgi/danjon/204505180025/

荒らしはヘイヘイされます

次スレを立てる人は>>960

2：　名前：名無しさん　投稿日：2045/05/18（X）XX：XX：XX
どうも
通りすがりの２getです

4：　名前：名無しさん　投稿日：2045/05/18（X）XX：XX：XX
華麗な２ゲトを君に捧げたい　パカッ

9：　名前：名無しさん　投稿日：2045/05/18（X）XX：XX：XX
>>4　４貰ってもいらんやろ

15：　名前：名無しさん　投稿日：2045/05/18（X）XX：XX：XX
>>4　最近は指輪勝手に選ぶとキレられるんやで

24：　名前：名無しさん　投稿日：2045/05/18（X）XX：XX：XX
>>15　指のサイズ、好みのデザイン、希望のブランド、女友達とのマウント合戦
女の世界は修羅そのものや

97：　名前：名無しさん　投稿日：2045/05/18（X）XX：XX：XX
おはようございます！
今日も元気な高嶺嬢です！

103：　名前：名無しさん　投稿日：2045/05/18（X）XX：XX：XX
はい可愛い
優勝です

110：　名前：名無しさん　投稿日：2045/05/18（X）XX：XX：XX
マジで遺伝子の奇跡

112：　名前：名無しさん　投稿日：2045/05/18（X）XX：XX：XX
芸能界は何故あれを見逃したのか……

118：　名前：名無しさん　投稿日：2045/05/18（X）XX：XX：XX
>>112　芸能界は節穴ってわかんだね

127：　名前：名無しさん　投稿日：2045/05/18（X）XX：XX：XX
>>112　>>118　R25Gで映倫に引っかかるからでは？

133：　名前：名無しさん　投稿日：2045/05/18（X）XX：XX：XX
>>127　アンチですね
総理官邸に通報しました

135：　名前：名無しさん　投稿日：2045/05/18（X）XX：XX：XX
>>127　これは国賊

149：　名前：名無しさん　投稿日：2045/05/18（X）XX：XX：XX
>>133　>>135　でも昨日の戦闘映像を見てくれ

【グロ画像の】高嶺嬢の戦闘映像を検証するスレ　その27【玉手箱】
http://xxx.xxx.net/bbs/read.cgi/danjon/204505171311/

コイツをどう思う？

171：　名前：名無しさん　投稿日：2045/05/18（X）XX：XX：XX
>>149　これはグロイ
おこちゃまには見せらんないね！

188：　名前：名無しさん　投稿日：2045/05/18（X）XX：XX：XX
>>171　全日本国民対象で絶賛全国強制放映中だけどな

196：　名前：名無しさん　投稿日：2045/05/18（X）XX：XX：XX
>>188　お外で遊ぶ幼稚園児がふと空を見上げればそこには……

304：　名前：名無しさん　投稿日：2045/05/18（X）XX：XX：XX
高嶺嬢のパーフェクトりょうり教室～！

309：　名前：名無しさん　投稿日：2045/05/18（X）XX：XX：XX
突然始まったな
そしてかわいい

317：　名前：名無しさん　投稿日：2045/05/18（X）XX：XX：XX
料理できるのか？
でも可愛い！

322：　名前：名無しさん　投稿日：2045/05/18（X）XX：XX：XX
惨劇の始まりやで！

325：　名前：名無しさん　投稿日：2045/05/18（X）XX：XX：XX
>>322　高嶺嬢を舐めないでくださる？

326：　名前：名無しさん　投稿日：2045/05/18（X）XX：XX：XX
>>322　内閣総理大臣の祖父を持ち！

327：　名前：名無しさん　投稿日：2045/05/18（X）XX：XX：XX
>>322　1000年超えの歴史を持つ国内屈指の旧家出身！

328：　名前：名無しさん　投稿日：2045/05/18（X）XX：XX：XX
>>322　神をも嫉妬させる絶世の美貌と！

329：　名前：名無しさん　投稿日：2045/05/18（X）XX：XX：XX
>>322　あどけなさすら感じる天真爛漫な性格！

330：　名前：名無しさん　投稿日：2045/05/18（X）XX：XX：XX
>>322　素手で化物の頭を握り潰すよ

331：　名前：名無しさん　投稿日：2045/05/18（X）XX：XX：XX
>>322　これでも高嶺嬢を舐めるというのかしら！？

344：　名前：名無しさん　投稿日：2045/05/18（X）XX：XX：XX
>>330　余計なもん交じってるぞ

383：　名前：名無しさん　投稿日：2045/05/18（X）XX：XX：XX
予想に反してやたら手際良いな
可愛いは正義！

392：　名前：名無しさん　投稿日：2045/05/18（X）XX：XX：XX
ちょっと待って……
これで料理も上手だったら……

399：　名前：名無しさん　投稿日：2045/05/18（X）XX：XX：XX
完璧やん！

491：　名前：名無しさん　投稿日：2045/05/18（X）XX：XX：XX
いつものモーニングコールだね！

497：　名前：名無しさん　投稿日：2045/05/18（X）XX：XX：XX
最初はかわいいね！

515：　名前：名無しさん　投稿日：2045/05/18（X）XX：XX：XX
さーて　全日本国民の強制起床の時間がやってまいりました

520：　名前：名無しさん　投稿日：2045/05/18（X）XX：XX：XX
あの小さな身体のどこからあんな大声が出てくるのか……

532：　名前：名無しさん　投稿日：2045/05/18（X）XX：XX：XX
>>520　ツッコミどころはそこだけじゃないんだよなぁ……

540：　名前：名無しさん　投稿日：2045/05/18（X）XX：XX：XX
>>520　>>532　かわいいは正義！

563：　名前：名無しさん　投稿日：2045/05/18（X）XX：XX：XX
ぐんまちゃん今日は早起きじゃん

578：　名前：名無しさん　投稿日：2045/05/18（X）XX：XX：XX
>>563　そりゃあ昨日はアレでしたから……

581：　名前：名無しさん　投稿日：2045/05/18（X）XX：XX：XX
>>578　やめろ

656：　名前：名無しさん　投稿日：2045/05/18（X）XX：XX：XX
さて試食タイムがやってまいりました

674：　名前：名無しさん　投稿日：2045/05/18（X）XX：XX：XX
骨は拾ってやるからな、ぐんま

685：　名前：名無しさん　投稿日：2045/05/18（X）XX：XX：XX
誰も美味しいと思ってなくて草

694：　名前：名無しさん　投稿日：2045/05/18（X）XX：XX：XX
ぐんまちゃん無言で食べてる

717：　名前：名無しさん　投稿日：2045/05/18（X）XX：XX：XX
淡々と食べてるな

732：　名前：名無しさん　投稿日：2045/05/18（X）XX：XX：XX
もう完食

742：　名前：名無しさん　投稿日：2045/05/18（X）XX：XX：XX
メチャクチャ満足そう

749：　名前：名無しさん　投稿日：2045/05/18（X）XX：XX：XX
こりゃあ高嶺嬢の料理上手は確定ですな

756：　名前：名無しさん　投稿日：2045/05/18（X）XX：XX：XX
>>749　あたりめぇよ！

762：　名前：名無しさん　投稿日：2045/05/18（X）XX：XX：XX
ワイは信じてたで

777：　名前：名無しさん　投稿日：2045/05/18（X）XX：XX：XX
だからあれほど言ったというのに

784：　名前：名無しさん　投稿日：2045/05/18（X）XX：XX：XX
熱い手の平返しだな

793：　名前：名無しさん　投稿日：2045/05/18（X）XX：XX：XX
手首にドリルでもついてそうやな

855：　名前：名無しさん　投稿日：2045/05/18（X）XX：XX：XX
おっ買い物行くんか？

861：　名前：名無しさん　投稿日：2045/05/18（X）XX：XX：XX
確かに装備品は大事だね

870：　名前：名無しさん　投稿日：2045/05/18（X）XX：XX：XX
>>861　今更だけどな

889：　名前：名無しさん　投稿日：2045/05/18（X）XX：XX：XX
>>870　高嶺嬢の戦闘見てるとね……

898：　名前：名無しさん　投稿日：2045/05/18（X）XX：XX：XX
>>889　可愛いよね！

903：　名前：名無しさん　投稿日：2045/05/18（X）XX：XX：XX
>>898　そこじゃないんだよなぁ……

931：　名前：名無しさん　投稿日：2045/05/18（X）XX：XX：XX
高すぎん？

942：　名前：名無しさん　投稿日：2045/05/18（X）XX：XX：XX
これは物価壊れてますわ

950：　名前：名無しさん　投稿日：2045/05/18（X）XX：XX：XX
資本主義の魔の手はこんな場所にまで……

967：　名前：名無しさん　投稿日：2045/05/18（X）XX：XX：XX
戦闘機とかどこで使うんや

978：　名前：名無しさん　投稿日：2045/05/18（X）XX：XX：XX
武器の名前からして最終決戦装備

981：　名前：名無しさん　投稿日：2045/05/18（X）XX：XX：XX
ぐんまちゃんポカーンとしてるやん

983：　名前：名無しさん　投稿日：2045/05/18（X）XX：XX：XX
これは無理そうですね

985：　名前：名無しさん　投稿日：2045/05/18（X）XX：XX：XX
続きは次のスレかな

986：　名前：名無しさん　投稿日：2045/05/18（X）XX：XX：XX
とりあえずこのスレで朝の部は消費できたか

987：　名前：名無しさん　投稿日：2045/05/18（X）XX：XX：XX
もうこのスレも終わりか

988：　名前：名無しさん　投稿日：2045/05/18（X）XX：XX：XX
ksk

989：　名前：名無しさん　投稿日：2045/05/18（X）XX：XX：XX
今日は何スレいくかな

992：　名前：名無しさん　投稿日：2045/05/18（X）XX：XX：XX
　次スレもう立ってる？

993：　名前：名無しさん　投稿日：2045/05/18（X）XX：XX：XX
　高嶺嬢はかわゆい

996：　名前：名無しさん　投稿日：2045/05/18（X）XX：XX：XX
　>>1000 なら高嶺嬢のトイレシーン

997：　名前：名無しさん　投稿日：2045/05/18（X）XX：XX：XX
　>>996　総理、大変です　変態がいます

998：　名前：名無しさん　投稿日：2045/05/18（X）XX：XX：XX
　>>1000 なら高嶺嬢のお風呂シーン

999：　名前：名無しさん　投稿日：2045/05/18（X）XX：XX：XX
　>>1000 なら高嶺嬢のスリーサイズ

1000：　名前：名無しさん　投稿日：2045/05/18（X）XX：XX：XX
　>>1000 なら政府から追加の財政支援

あとがき

俺と君達のダンジョン戦争1巻の読了お疲れ様でした。この度は本書をご購入いただき深く感謝申し上げます。よろしければあとがきとして、もう少しだけお付き合いいただければ幸いです。

6年前の2017年8月から小説投稿サイト『小説家になろう』にて本作の投稿を開始しましたが、書籍化に至るまでの間、執筆関係でも私生活でもなんやかんやありました。本当になんやかんやありました。そしてなんやかんやある度に更新が止まり、当時からの読者の皆様には大変なご辛抱をいただいたことは更新停止中も申し訳ないとは思っていました。でもしょうがない。人間だもの。今回、書籍化のお声がけをいただいたことで、長期更新停止の可能性が当面消滅したことはある意味良かったのかなと思っております。

折角なので裏話をしますと、元々の構想は大学生活中にクトゥルフっぽい事象に遭遇する学生達の冒険活劇の予定でした。その時の主人公とヒロインは、現在のヒロインである高嶺華の両親です。ちなみに大学の所在地は群馬です。ヒロイン最強設定はその時から受け継がれており、高嶺嬢の謎な戦闘能力も母親譲りとなっています。両親ともに設定上は頭脳明晰なのですが、残念ながらその娘は脳みそまで筋肉に侵食されてしまいました。哀しいですね。

プロローグの最初の3行くらいを書いた段階で、折角だし戦争したいよね、と思って現在の設定、ストーリーになりました。当初はヒロインも高嶺嬢一人だけの予定だった為、タイトルも『君と俺達のダンジョン戦争』にしており、破天荒で規格外なヒロインに主人公や周囲の人物が振り回されるストーリーを想定していました。しかし本文を書き進めるうちにヒロインが増えて現在のタイトルに変更しちゃいました。結果的にヒロインはちょっと豆腐メンタルになり、主人公はちょっとメンタルが強くなってバランスが取れたのかなと思っております。

そういえばスウェーデンの探索者として登場したシーラに関してですが、書籍化前からの読者の皆様の中にはシーラに対して色々と思うところのある方もおられるのではないでしょうか。書籍化にあたっての改稿作業では、そのあたりを改善しようと思ってシーラの登場シーンやセリフを少し増やしてみました。書籍を読んだことが切欠となりシーラ推しが増えてくれれば最高ですね。読者の皆様にシーラの魅力が少しでも伝われば幸いです。

最後になりますが、本書の発刊に至るまで大変お世話になりました関係者の皆様と広い心で支えてくださった読者の皆様に心より感謝申し上げます。今後とも本作をどうぞよろしくお願いいたします。

コミカライズ試し読み

漫画：賀東アリ
原作：トマルン
キャラクター原案：ゆーにっと

ちょうど
私も
汗とかで
気持ち
悪かったんです
さあ

一緒に

シャワーを浴びましょう!!!
セリフだけなら魅力的な言葉とともに
俺と君の物語は
強制的にはじまった
第1話

西暦2045年―
日本国
公海付近
ザザーッ
…おい あれ見ろよ
んー？
なんだ あれ…
オーロラ？
ズズズズ

筑波研究学園都市
筑波宇宙センター
衛星との通信が…
もう4時間だぞ!
1ラインも復旧できんのか!?
トゥルルル…
準天頂衛星にGPSまで全滅…
トゥルル…
いったい何がどうなってるんだ…
ただいま大変繋がりにくくなっており…
…クソッ!
車を出せ!
今すぐだ!
大手通信会社
通信管制室
ビーッ
ビーッ
ビーッ
国外ネットワークとの通信は復旧できておらず…
えぇ
はい
海底ケーブルの状況は!?
く〜〜
〜〜!!

ヴーッ ヴーッ
常用108回線
予備17回線
秘匿《ひとく》5回線
すべてエラー
原因確認中とのことです！
ヴーッ ヴーッ
国内線で輻輳《ふくそう》が発生…
ビーッ ビーッ
ジリリリ…
EEZ外縁で謎の障壁が…
プルルル
ブーン
プルルル
おはよー
なんかネット繋がんないんだけど〜
見てよ これ
それどころじゃないっぽいわよ
史上最大規模の通信障害
……繰り返します
これから発表する内容はすべて嘘偽りのない正真正銘《しょうめい》の事実です
ウウウウ

パシャ
パシャ
えー
本日
5月15日
午前3時00分
我が国は
我々が住む世界とは異なった世界…
いわゆる「異世界」から
パシャ
宣戦布告を
受けました
パシャ
我が国は只今より
国家非常事態宣言を発令いたします

えー現在我が国は
物理的
電子的に
あらゆるモノを他国と断絶されており…
パーーッ
パアッ
パパーーッ
ビーッビーッ
くそ
これだから手動運転は…
ん？
……は？

ジジ…

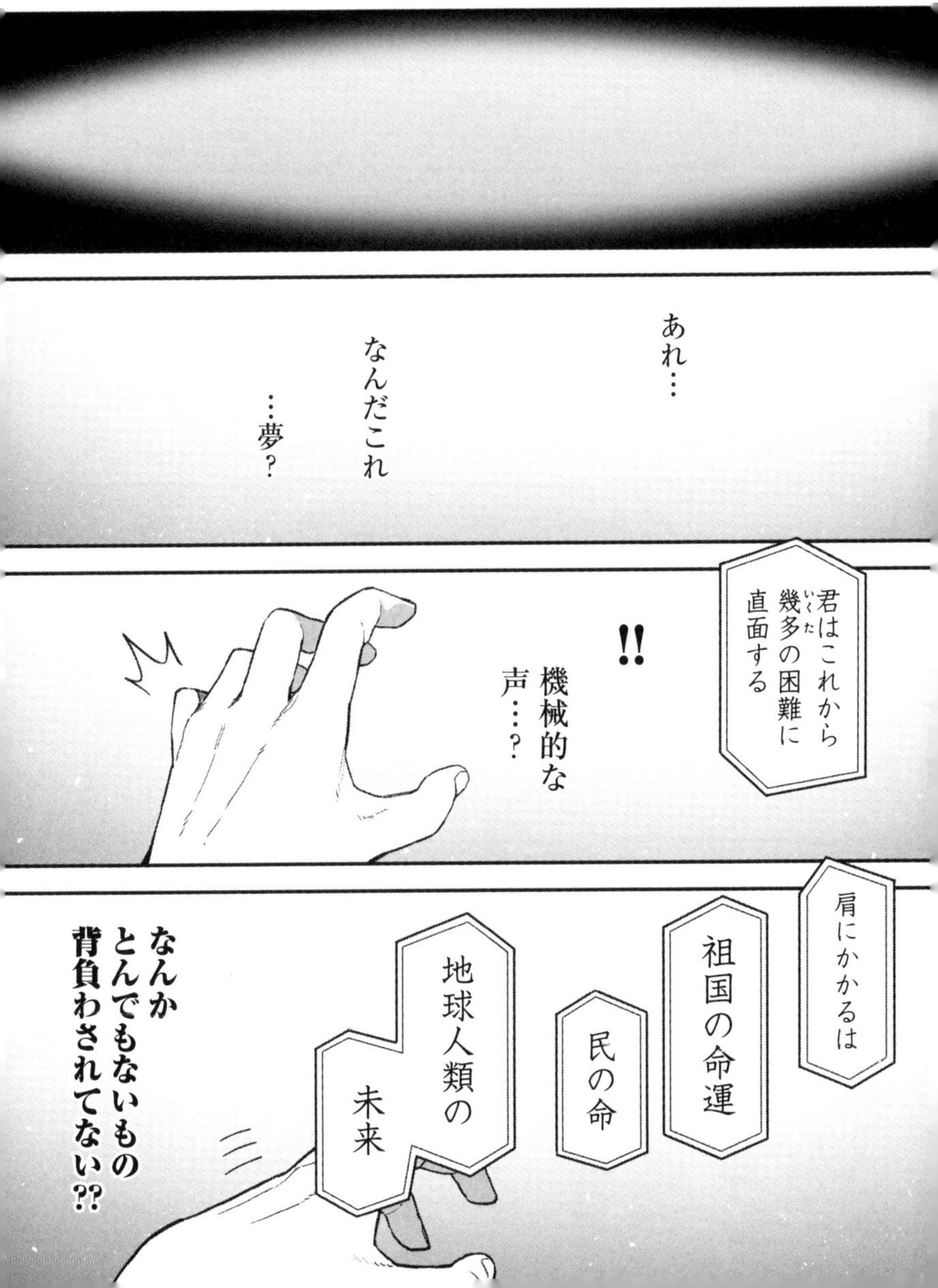

あれ…
なんだこれ
…夢？
君はこれから幾多《いくた》の困難に直面する
‼
機械的な声…？
肩にかかるは
祖国の命運
民の命
地球人類の未来
なんかとんでもないもの背負わされてない⁇

君が挑むのは
複雑怪奇な迷宮
廃墟《はいきょ》
大神殿に機械帝国
??
よくわからんけど
時々そんな感じのTRPGやってたな…
探索系のやつ
君は何をもって挑もうとする
探索なら
それに向いた技能がほしいな…
了承した
安堵《あんど》せよ
君はひとりではない
仲間いるんだ
それもそうかTRPGだもんね
地球人類は常に君を見守り
祖国が君の背を支えよう
あ
ひとりじゃないってそういう意味？

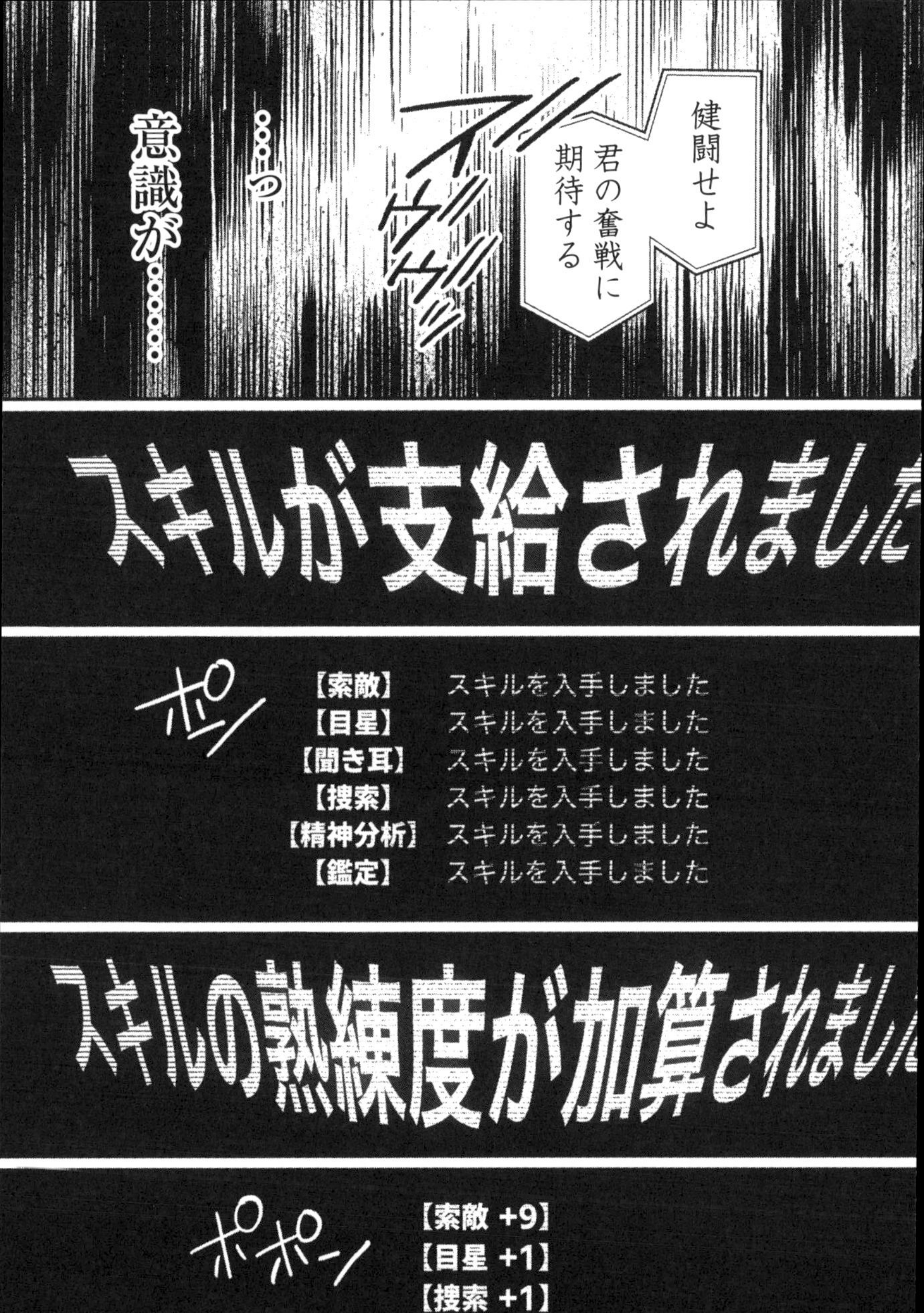

健闘せよ 君の奮戦に期待する
……っ
意識が……………
スキルが支給されました
ポン
【索敵】 スキルを入手しました
【目星】 スキルを入手しました
【聞き耳】 スキルを入手しました
【捜索】 スキルを入手しました
【精神分析】 スキルを入手しました
【鑑定】 スキルを入手しました
スキルの熟練度が加算されました
ポポーン
【索敵 +9】
【目星 +1】
【捜索 +1】

ドンッ
……んう
……ここは…
え
まじでどここここ?
ん?
チカッ
チカッ
チカッ
何これ
めっちゃ主張激しいなコイツ
チカッ

うーん
まてまて
色々謎だが
落ち着け
状況を
整理しよう
俺の名前は
上野群馬《こうずけともめ》
地方国立大の
3年次生
にして
生粋の
群馬県民
両親と姉弟の
5人家族で
恋人はいない
いたことが
ない
最後に
覚えてる
のは…
たしか
風呂上がりの
セルフカバディ
カバディ
カバディ
ああそうだ
布団で
寝たところまで
覚えてる
俺は
いつの間に
こんな
ところに⁉
しかも
着替えまで…
チカッ
チカッ

イタズラ
誘拐《ゆうかい》ドッキリ…
どれもしっくりこな…
うっとおしいなぁ!?
チカッ
チカッ
チカッ
おはようございます
あなたは6人目の探索者です
特典が追加されます
ん?
ゴクリ…
とりあえず押してみるしか…
…ないよな?
タップ
特典：下記の一覧から1つ選択して下さい
× すごいKATANA
× かっこいいマント
× 全高20m全備重量40tの有人人型ロボット
（70MW核融合炉搭載・武装別売）
× キューバ産最高級葉巻24ダース
（葉巻用カッター・マッチ付）
・全環境対応型歩兵用強化装甲（MADE IN U.S.A）
× カトンジツ実践セットSYURIKEN付（NINJA！）
・コロンビア級戦略原子力潜水艦
（トライデントミサイル・乗員155名込み）
・強くて成長する裏切らない従者
（美少女でも美少年でもありません）
・便利な水筒★おまけつき★（内容量350mL）
・スペシャル冒険セット
× 現状を事細かに説明された書物

なるほど
他にも参加者がいるのか
この候補で戦略原潜や強化装甲があまってるのは謎だが…
しかしどれも魅力的だなぁ…
うーん
よし
これかな
強くて成長する裏切らない従者
(美少女でも美少年でもありません)
で良いのですね？
はい　いいえ
はい
と
「裏切らない」っていうのが高ポイントよな
美少女ではありませんが本当によろしいのですね？
はい　いいえ
しつこいな
かしこまりました
余談ですが便利な水筒にはおまけとして
下記のものが付属していました

便利な水筒 ★おまけ★
水筒を
持ってくれる
美少女(清純)
水筒を忘れても
届けてくれる
美少女(義妹)
予備の美少女
(Hカップ)
水筒に飲み物を
入れてくれる
美少女(幼馴染)
水筒を
飲ませてくれる
美少女(お姉さん)
クソッ!!
正解は水筒
だったか!?
ああああぁぁぁあ
あぁぁぁぁぁああ
ドドド
もどれもどれぇぇ
ぇぇぇぇぇぇぇぇ

……
うぅ…
現在のステータスを表示します
上野群馬 男 20歳
肉体状態 健康
精神状態 後悔(大)
HP
MP
SP
筋力 11
知能 17
耐久 9
精神 15
敏捷 11
魅力 11
幸運 17
スキル
索敵 10
目星 2
聞き耳 1
捜索 2
精神分析 3
鑑定 1
!!!
俺数値化されとる…!!
知能・精神・幸運が高めでスキルは探索特化って感じか？
でもこれだけじゃよくわからん…
見た感じこれがゲームなら探索物か推理物…
やっぱTRPGっぽいよなぁ
んー宇宙的恐怖とかは勘弁《かんべん》…
あなたに新しいミッションが発令されています
ミッション？
ミッション【初めの一歩】
部屋から出ましょう
報酬：10,000円

必勝
ミッション【初めの一歩】
部屋から出ましょう
報酬：10,000円
依頼主：日本国第113代
内閣総理大臣 高嶺重徳
コメント：頑張れ 日本代表！
依頼主：日本国第113代
内閣総理大臣 高嶺重徳
わ
わ
わ

とんでもない人から
依頼来たああああ!?
やばい
やばすぎる!!!
余計
わけわからなく
なったぞ!?
『頑張れ日本代表』
ってなんだよ!
オリンピックか!
えっ
今の状況って
新しいなんかの
イベントなの??
わけが
わからない
よ…
ミッション【初めの一歩】
部屋から出ましょう
報酬：10,000円
依頼主：日本国第113代
内閣総理大臣 高嶺重徳
コメント：頑張れ 日本代表！
……
色々
訊きたいことは
あるけど…
とりあえず
部屋から出れば
いいんだよな…

部屋のドアはふたつ
B
A
あっちはおそらく廊下《ろうか》に
こっちは仮眠室とかだろうか…
ミッション【初めの一歩】
部屋から出ましょう
報酬：10,000円
依頼主：日本国第113代
……

うん
いきなり廊下は怖いよね
人間だもの……
やっぱり寝室かな…
ポーン
ミッション【初めの一歩】成功
報酬10,000円が端末に
振り込まれました
ポポン
ミッション【そっちじゃない】
この際 あなたの私室を探索しましょう
報酬：10,000円
依頼主：日本国副総理兼経済産業大臣
安倍晋五郎
コメント：気にせず自分のペースでいいんだよ
あ
リアルタイムで俺の現状を把握してるんですね
そして気遣《きづか》いで胸が痛い…
すみません次は頑張ります

どうやら
元いた執務室と
この寝室は
俺の私室らしい
浴室
寝室
執務室
WC
私室
で
とりあえず
私室の
机や収納を
調べてみた
のだが…
戦争の心構え
図解
ブービートラップ
初心者も安心
ナイフ格闘術
38式単分子振動型
多用途銃剣
※すごく切れる
上野群馬は
「ナイフ」「オススメ本３冊」etc.
を手に入れた！
うん
まずい
どうやら
本当に
やばい状況
みたい

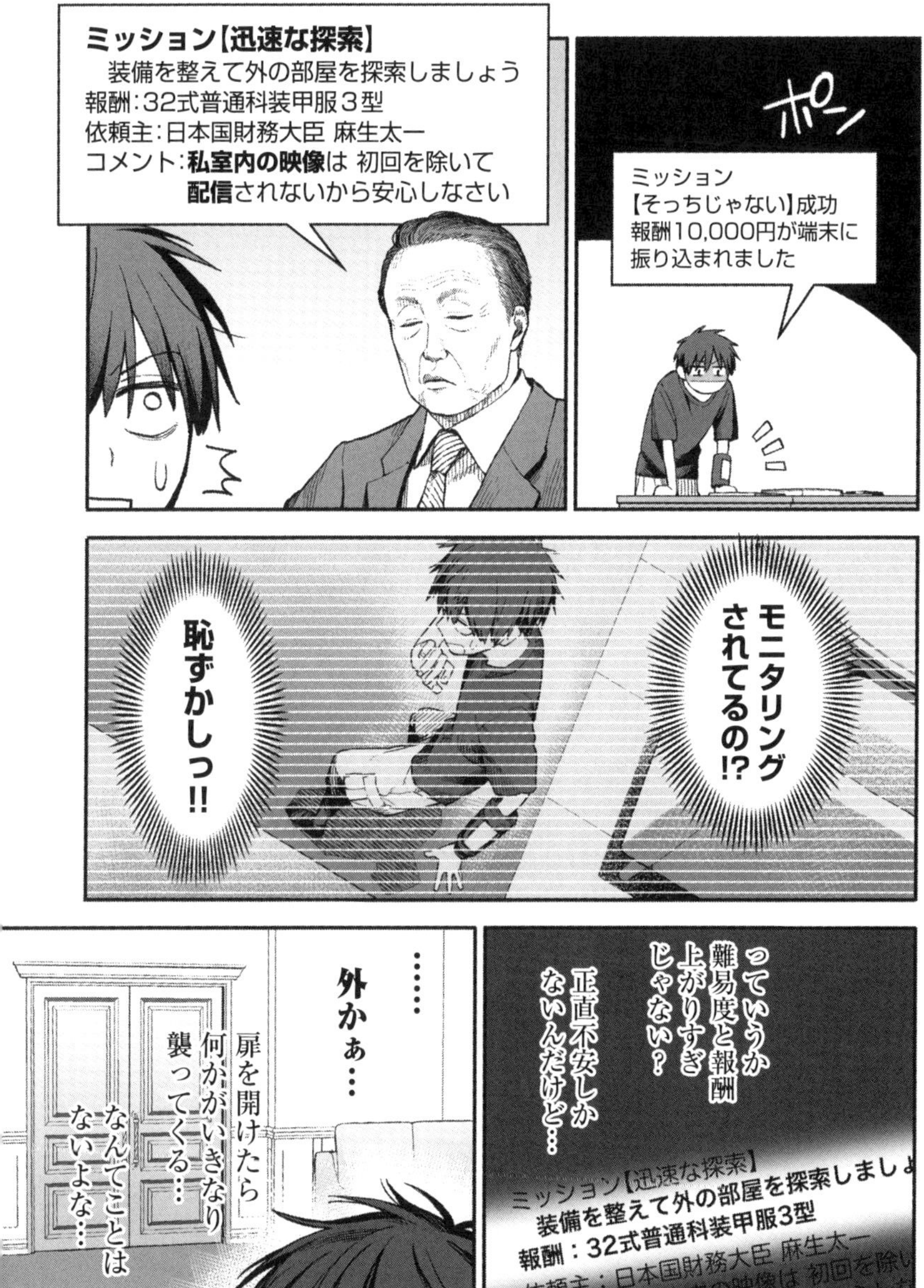
ポーン
ミッション
【そっちじゃない】成功
報酬10,000円が端末に
振り込まれました
ミッション【迅速な探索】
装備を整えて外の部屋を探索しましょう
報酬：32式普通科装甲服３型
依頼主：日本国財務大臣 麻生太一
コメント：私室内の映像は 初回を除いて
配信されないから安心しなさい
モニタリングされてるの!?
恥ずかしっ!!
っていうか難易度と報酬上がりすぎじゃない？
正直不安しかないんだけど…
ミッション【迅速な探索】
装備を整えて外の部屋を探索しましょ
報酬：32式普通科装甲服3型
依頼主：日本国財務大臣 麻生太一
……
外かぁ…
扉を開けたら何かがいきなり襲ってくる…
なんてことはないよな…

いやいや
だいじょーぶ
だいじょーぶ
総理だって初めは
丸腰で廊下に
行かせようと
してたんだし…
いや
でも
この部屋ですら
物騒なものが色々
見つかってる
わけで…
……
そうだ
スキルを
使って
みよう
せっかく
探索用の
スキルが
あるんだもん
使っとか
ないとね
…
とりあえず
『索敵』を…
肉体状態 健康
精神状態 正常
上野群馬 男 20歳
MP
SP
筋力 11
知能 17
耐久 9
精神 15
敏捷 11
魅力 11
スキル
索敵 10
目星
捜索 2
精神分析 3
鑑定 1
ポー
オン
と

!!!
ポーン
わ
わ
わ
OFF
……
ON
も
もう1回…

……
かがくのちからってすげー
いやいや何この技術知らないんだけど…
やばいやばいよ
とんでもないことに巻き込まれちゃってるよ
はっ…まてよ
こうしてビビってるのも
日本のお偉い様方に見られてるんだよな……
……
…ゆ

征《ゆ》くしか
――ない
スキル『聞き耳』
……何も聞こえない…
キィ…

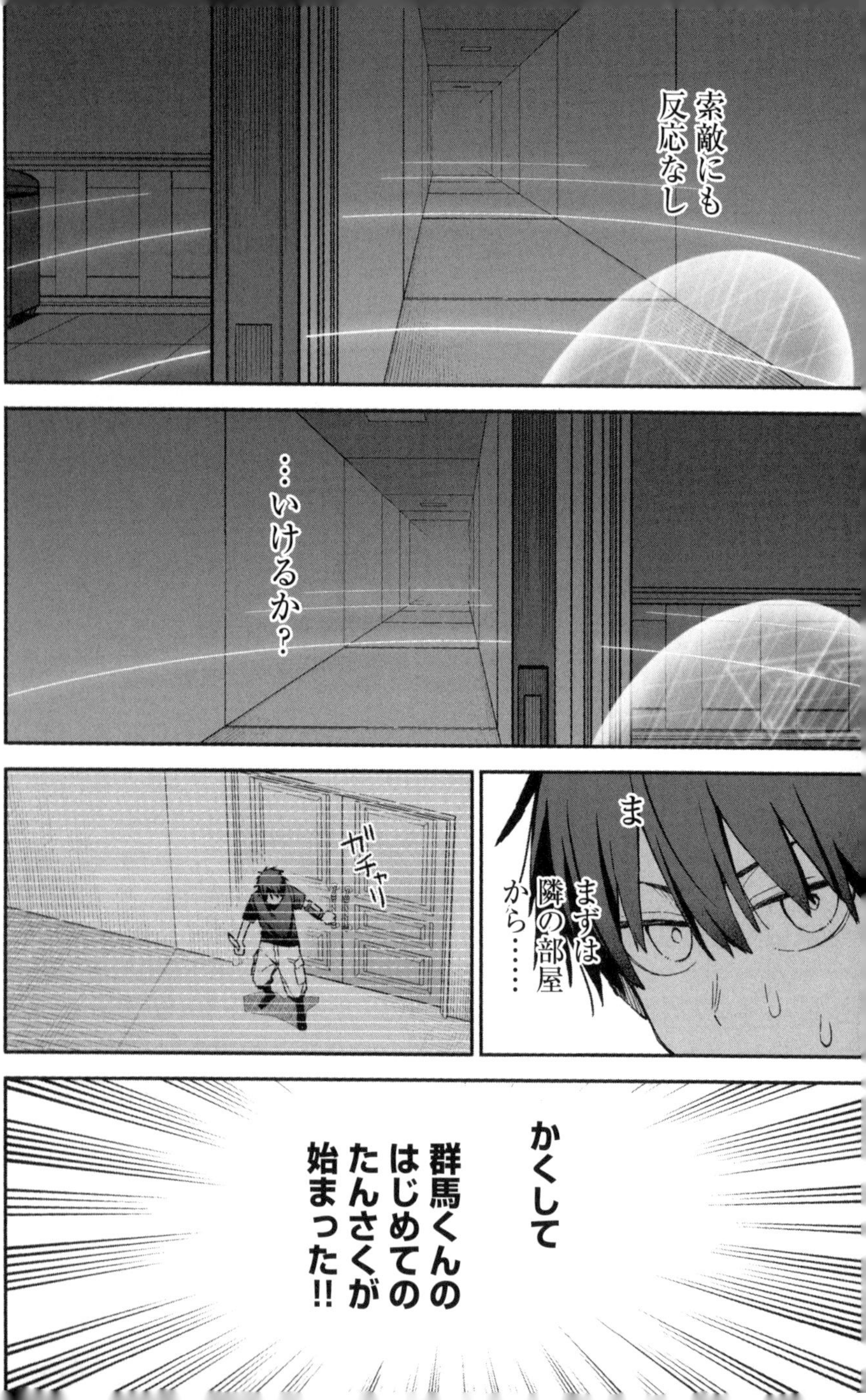

索敵にも反応なし
…いけるか？
ま
まずは隣の部屋から……
ガチャリ
かくして群馬くんのはじめてのたんさくが始まった!!

正直頼りない
部分はあるが…
大丈夫だ
群馬くん
臆病《おくびょう》は
恥ではないし
誰も馬鹿に
しないぞ！
そして
探索開始から
7時間半
5つ目の部屋を
探索し終えた
群馬くんは
気づいた

ここ…
敵いないいんじゃないか？
それからははやかった
俺の冒険はパパッと終わり
ここがどういう場所なのか
大体掴めてきた

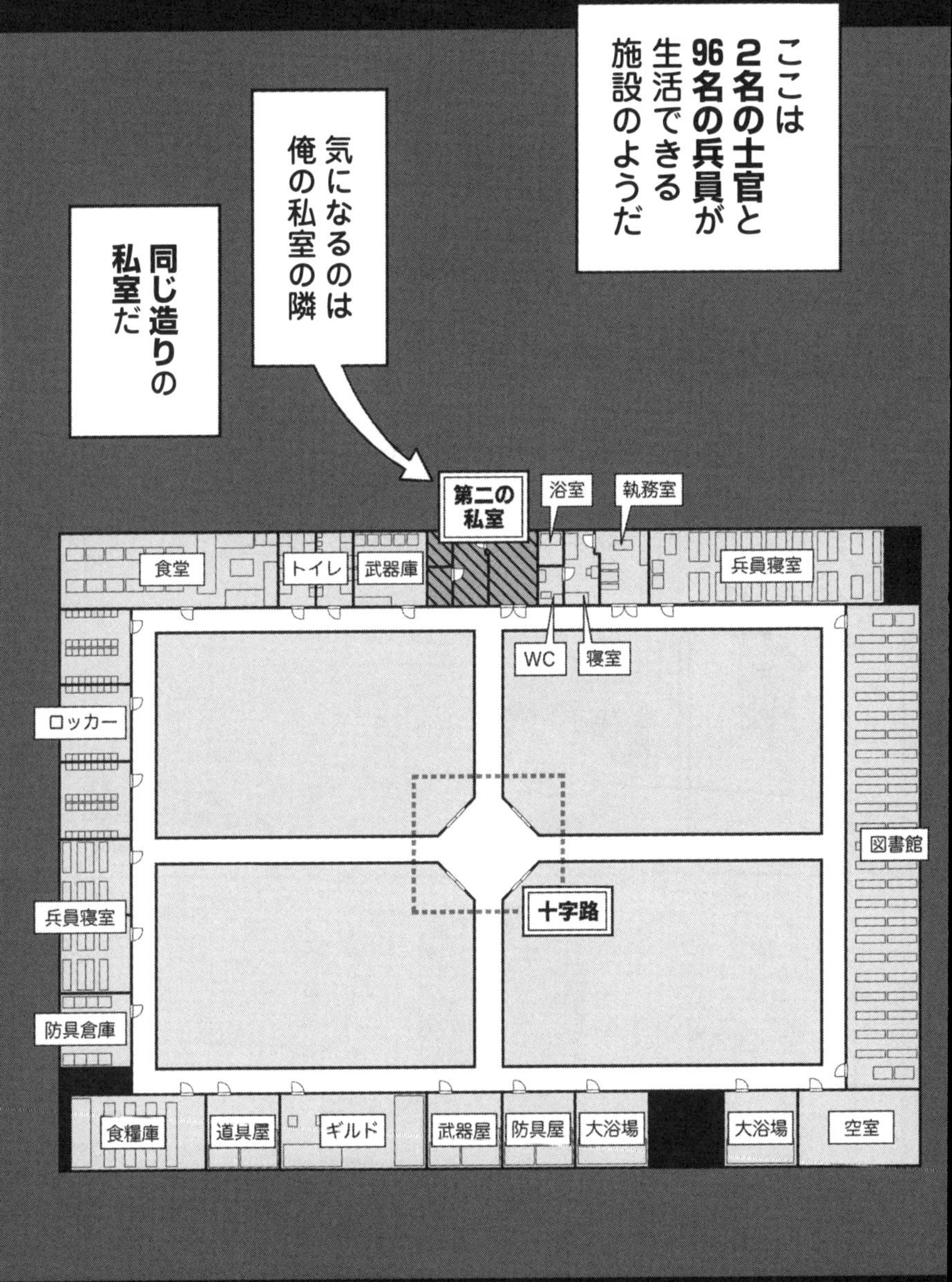
ここは2名の士官と96名の兵員が生活できる施設のようだ
気になるのは俺の私室の隣
同じ造りの私室だ
第二の私室
浴室
執務室
食堂
トイレ
武器庫
兵員寝室
WC
寝室
ロッカー
図書館
十字路
兵員寝室
防具倉庫
食糧庫
道具屋
ギルド
武器屋
防具屋
大浴場
大浴場
空室

俺と似た立場の人間がもうひとりいるってことなんだろうか？
そして何より十字路の…
ポン
ミッション【迅速な探索】成功
報酬32式普通科装甲服３型が
受取可能になりました
ポポン
ミッション【報酬の受取】
道具屋に預けられた報酬を受け取りましょう
報酬：10,000円
依頼主：日本国内閣官房長官 吉田茂治
コメント：いいペースですね
適度に休憩を挟んで
みてはどうでしょう
やさしい…
道具屋は…
ここかな

未受取のミッション報酬が
あります
該当候補 1件
ポチッ
ゴウン
ゴウン
日本国
国防陸軍
りんご
プシュー
おぉ〜
カサ
これが
装甲服《そうこうふく》セット…
ん？
あ
あったけえ…
ムリせず
頑張って!!
ないかく一同
ポテチ
コンソメ
Coca-Cola

群馬くんは
装甲服セットを装備した
88式鉄帽４型
おお～
思ったより
軽い
単眼型暗視装置
防刃手袋
32式普通科
装甲服３型
角部パット
26式短機関銃
ポン
ミッション【報酬の受取】成功
報酬10,000円が振り込まれました
ポポン
ミッション【初めてのダンジョン】
装備を整えてダンジョンに向かいましょう
報酬:42式無人偵察機システム ６機
依頼主:日本国国土交通大臣 石破仁志
コメント:くれぐれも慎重に
行って帰って来るだけでいい

え
ダンジョン…ですか？
武器庫
第二の私室
私室
兵員寝室
…というわけで
十字路
やって来ました！
中心部の十字路！
※色々なれてきた
ダンジョンへと繋がっているであろう
扉の前に来てみたはいいけど…

4つ

あるんだよな…

それぞれ別のタイプのダンジョンに繋がってるんだろうけど
威圧感がやばい
特にロボット!!
ひとつだけ画風が違うんですけど!?
行ってくるだけでいいって話だから
まだ本格的な探索はしなくて良さそうだけど
とりあえずロボット以外のどれかだよな…
愚かな俺は呑気《のんき》に思い込んでいた

う〜ん
どれに
しよー
かなー？
扉を
開けるのは
ガゴッ
他でもない
自分
であると

ズルッ
ビシャッ
ピッ

こんにちは！
ああ
死にましたね
これは

……
あれ？
こんにちはー!!
上野群馬の大冒険
完!!
ゴトッ

こんにちは!!!
……
……
にこっ
こわい
こ
こんにちは

ようやく反応しましたね！
まずは初めまして！
私の名前は高嶺華《たかみねはな》
ピッチピチの女子大生！
これからあなたと一緒に化け物どもを抉《えぐ》り潰《つぶ》すなんてワクワクしちゃう!!!
チャキッ
続きは CORONA EX にてお楽しみ下さい！

俺と君達のダンジョン戦争

2024年3月1日　第1刷発行

著　者　トマルン

発行者　本田武市

発行所　TOブックス
〒150-0002
東京都渋谷区渋谷三丁目1番1号　PMO渋谷Ⅱ　11階
TEL 0120-933-772（営業フリーダイヤル）
FAX 050-3156-0508

印刷・製本　中央精版印刷株式会社

本書の内容の一部、または全部を無断で複写・複製することは、法律で認められた場合を除き、著作権の侵害となります。

落丁・乱丁本は小社までお送りください。小社送料負担でお取替えいたします。

定価はカバーに記載されています。

ISBN978-4-86794-092-1
©2024 Tomarun
Printed in Japan